鬼的足音

作品集 06

鬼の跫音

道尾秀介

劉姿君 譯

（！）鬼的足音／目錄

世上只有一個的「世界」

總導讀／佳多山大地

道尾秀介是目前現代日本推理小說界中最受矚目的優秀新進作家。本文將藉著介紹從二〇〇五年的出道作《背之眼》到第七部長篇作品《鼠男》，來追溯這位一九七五年出生的年輕作家在轉眼之間便被認同為足以支撐下一個新時代新希望的軌跡。此外，關於各部作品的內容，為避免扼殺諸位讀者的閱讀樂趣，筆者將在後半部的「作品列表」中，簡單地寫出故事開頭部分。

道尾的作家出道之路，絕對稱不上順利風光。出道作《背之眼》是僅六年歷史的新人獎「恐怖懸疑小說大獎」（幻冬舍、新潮社、朝日電視臺主辦）的第五屆投稿作品。本作在評選過程中，引起了三位評審委員當中，領導新本格風潮的綾辻行人注意，獲得了第二名的「特別獎」。《背之眼》在恐怖怪奇的氣氛和邏輯推演上取得了絕佳的平衡，但在決選討論會上，評審卻認為此作受到京極夏彥《姑獲鳥之夏》之「妖怪系列」的強烈影響，以至於與大獎擦身而過。然而，道尾隨即在第二部作品，證明了自己的能力並不只是京極的跟隨者。

毫無疑問地，道尾在第二作《向日葵不開的夏天》發揮了身為新生代作家的真正價值。在出道當年十一月所發表的得獎後第一作，是一部以死後「輪迴轉世」的超自然——或是可說是佛教式——的設定為基底，融合了特殊且縝密的本格推理元素，成為一部描述「恐怖孩子」（enfant terrible）的傑作。道尾以抒情的筆法描寫了孩子們特有的殘酷和悲哀，在最後瘦小的主人翁所背負的「沉重故事」，讓人內心不禁湧起一股難以壓抑的哀痛之情。

二〇〇六年一月，第六屆本格推理大獎的入圍作公布之際，《向日葵不開的夏天》初次成為日本推理界的話題。道尾以一介新人之姿，和島田莊司的《摩天樓的怪人》、東野圭吾的《嫌疑犯X的獻身》等老牌作家同場較量。所謂的本格推理小說大獎，是由本格推理小說的創作者和評論家為主，在二〇〇〇年十一月成立的「本格推理作家俱樂部」所主辦的獎項。雖然道尾此時與大獎錯身而過

（第六屆的得獎作為《嫌疑犯X的獻身》），不過這位出色新人的名聲已廣為推理小說讀者熟知。

接下來的《骸之爪》是以初次在出道作《背之眼》登場的「真備靈異現象探求所」所長真備庄介擔任偵探的第二部系列作。在佛像雕刻師工房接二連三發生的怪異事件，與二十年前下落不明的天才佛像雕刻師產生了關聯，描繪出工房主人家族的悲劇。這部作品令人聯想到作者敬愛的推理小說大師——橫溝正史名作《獄門島》（一九四九年），描述了人把人當成棋盤上棋子「操弄」的故事，徹底將讀者玩弄於手掌心。

第四部的《影子》則是和成名作《向日葵不開的夏天》走相同路線，以認知科學／腦科學為主題的優秀作品，同時也是作者獲得第七屆本格推理小說大獎的初期代表作。在故事結尾，作者將巧妙的伏線一一收攏之際，母親均已身亡的少年少女，終於得以放下背負的「沉重故事」。相較於《向日葵不開的夏天》，本作強調了未來破碎的家庭將可獲得重生的希望。

在這裡，筆者想稍微談一下「認知科學推理小說」。雖然聽起來有些複雜，不過不必覺得太困難。臺灣的推理小說讀者，想必也已經讀過所謂「敘述性詭計」的作品，但由於列舉具體作品名稱，違反了閱讀推理小說的禮貌，所以筆者省略這個部分。所謂的「敘述性詭計」作品是以第三人稱的敘述不說謊的最低程度限制下，巧妙地保留部分情報，在劇情架構上花費各種心思，好比以上述的書寫方式讓讀者誤認登場人物性別或年齡的作品群。作品中人物（嫌犯）的詭計並非用來欺騙調查方（偵探），而是作者用來欺騙讀者的，這種帶有後設小說趣味的部分則在「解謎篇」攤牌。讀者在作者巧妙的誤導下，腦中產生一個「自以為的世界」，而以這個「自以為的世界」一路往下讀。也因此看到結局時，了解真相之後，便會感受到宛如世界崩壞的衝擊。道尾在乍看之下是冷硬派作品的第五部長篇作品《獨眼猴》便正面挑戰了正統的敘述性詭計。這部作品的形式雖然是聽力、視力比常人發達的超人們所演出的偵探劇，讀者在腦中自行構築的世界，卻在結尾被作者換上了另一種鮮豔色彩，掩卷時勢必會對真相目瞪口呆。敘述性詭計在《獨眼猴》中和作品主題緊密結合，讓讀者不得不承認自己的確會對「異於常人」露出歧視的眼光。

另一方面，目前被視為「認知科學推理小說」的作品群，指的是登場人物腦中有某種「錯誤」，而以這號人物（不可信任的敘述者）所看到扭曲「世界」為背景的推理小說。會出現這類作品，起因於所謂的現實和幻想是否真為對立的兩端？人類所產生最大公約數的幻想是不是就是所謂的現實？也就是說，對於人類而言，腦中的情況，恐怕是最貼近自身又永遠無法解明的神祕領域。我們永遠無法知道別人究竟在想什麼，對方到底怎麼「解釋」這個世界，這不正是一種日常中的冒險嗎？舉個比較俗氣的例子，當你暗戀A時，以及你向A告白後被拒絕，這兩種狀況使你對這個世界的看法大為改觀；你無論如何都不肯接受被A拒絕的事實，所以編織出「屬於自己」的故事——其實對方得了不治之症，就算喜歡自己，也不肯接受自己的感情；或者A是外星人，不被允許和地球人談戀愛。當事者並不認為「故事」來自於扭曲的看法，因而建立起一套堅強的世界觀。在他人看來，會覺得此人在日常生活中想必非常孤立。

然而，敘述性詭計作品和之後從該類作品所衍生的認知科學推理小說，兩者並非對立。讓讀者產生扭曲想法的作品是敘述性詭計作品，而登場人物想法扭曲的作品則稱為認知科學推理小說，這種說法其實只是為了方便區分。雖然作者在《向日葵不開的夏天》和《影子》明顯地展現了對於認知科學的興趣，不過當然不是只有人類才會思考。寵物中最受歡迎的狗，腦中應該也都有各自獨特的「世界」。第六部長篇作品的《所羅門之犬》，一方面讓探索動物情報處理能力的動物生態學家擔任偵探，一方面也是一部清新的青春推理傑作。

二〇〇八年三月的長篇作品《鼠男》，毫無疑問會成為道尾的代表作之一。在作品的構造上，重疊了和男主角姬川亮有關的過去、現在兩起「殺人案」，兩個案子都有多次翻轉。在這部作品中，道尾將事件前後的「脈絡」隨著情報的取得而改變結果的心理現象，以及有時看來像老鼠、有時像人類的《鼠男》畫作搭配得天衣無縫。也可以說，《鼠男》與認知科學推理小說以及歷來的敘述性詭計作品不同，不如說是以阿嘉莎・克莉斯蒂式「double meaning」（同樣的文章擁有多重意義）的手法，創作出來的優秀現代解謎小說。

對於備受期待的新進作家，實在無法在此時寫出有實際結論的作家論。不過，如果要說明道尾作品的特徵，應該是他對於「人類如何看待自己外側的世界」這個命題有強烈的興趣。也就是說，每個閱讀道尾作品的讀者自身所擁有的世界，與道尾作品中的世界產生碰撞，「謎團」便由此而生。所以，道尾才會經常以十歲左右的少年為主角，因為這個年紀即將進入青春期，開始意識到自己和家族以外的「社會」。如何理解現實世界，是會隨著人類成長而改變的。並不是相信聖誕老人實際存在的孩童「世界」很幼稚，而送給情人高價禮物的大人世界便是現實。不如說是慣於說謊的大人，不知不覺在「應該不是這樣」、充滿不安要素的世界中生存下來，不斷接受對於自己腦中「故事／世界」強度的批判，以及自我內心是否誠實的測試。在閱讀當代最出色的說故事高手所編織的謎團時，希望這世界上僅有的「你的世界」，能夠朝著更美好的方向改變。

作品列表

〔長篇小說〕（★為偵探「真備庄介」系列作）

★一、《背之眼》（二〇〇五年一月）第五屆（二〇〇四年）恐怖懸疑小說大獎

特別獎

主人翁真備庄介執著於靈異現象研究，他不斷收到人類背上出現一對眼睛的恐怖照片。而且這些背上出現眼睛的人在拍下這樣的照片之後，全都自殺了。福島縣的山中小村是這些不祥「背之眼」照片的拍攝地，那裡接二連三發生兒童失蹤事件。前往現場的真備偵探是否能找出靈異照片和兒童相繼失蹤事件的真相？

二、**《向日葵不開的夏天》（新潮社‧二〇〇五年十一月）第六屆（二〇〇六年）本格推理大獎小說部門入圍作**

「我」在送暑假作業到S家裡時，發現了他的上吊屍體。但是，接獲通報的警察到現場時，卻發現他的屍體不見了。更讓「我」驚訝的是，已死的S竟然轉世成一隻蜘蛛，並向「我」表示他是被級任導師殺死的。九歲的「我」和年幼的妹妹，以及轉世成蜘蛛的S所演出的奇妙偵探劇就此揭幕。

★三、**《骸之爪》（二〇〇六年三月）**

恐怖小說家道尾為了取材，前往某間佛像工房。深夜目擊了全身被白霧包圍的明王像，驚訝的他立刻拍下照片。隔天，明王像並沒有任何異狀，不過照片一洗出來，卻發現明王從頭部流出了鮮紅血液。探索靈異現象的不速之客真備庄介偵探，來到了不斷發生佛像雕刻師失蹤事件的工房，追尋真相。

四、《影子》（東京創元社·二〇〇六年九月）第七屆（二〇〇七年）本格推理大獎小說部門得獎作

我茂凰介的母親留下了「人死之後什麼都沒有了，就是這樣。」的遺言，便因癌症去世了。凰介在大學醫院工作的父親洋一郎，曾為妄想症的精神問題所困擾，在妻子死亡前後，狀況更加嚴重。一方面，凰介的青梅竹馬水城亞紀一家也發生了不幸的事情。亞紀的母親惠，跳樓自殺了。而惠的丈夫懷疑妻子外遇，深陷亞紀並非親骨肉的妄想中……

五、《獨眼猴》（二〇〇七年二月）

有一天，某家樂器製作公司委託「我」經營的偵探社，找出敵對公司盜用設計的證據。「我」的生財工具是「我」的耳朵，因為「我」有異於常人的特異功能，所以總是帶著大型耳機。為了確認敵對公司的動靜，深夜，「我」爬上隔壁大樓屋頂，卻意外偷聽到公司內發生的殺人事件……

六、**《所羅門之犬》（二〇〇七年八月）**

四名大學生聚集在咖啡廳角落，外面下著傾盆大雨，他們正在討論前幾天發生的、令人心情沉重的某起「意外」。這次聚會為了確認「他們當中是否有殺人犯」，在四人眼前發生了副教授的十歲兒子被車子撞死的意外。原因是少年飼養的狗，突然衝向站在馬路對面的他們，才釀成了這起悲劇。究竟是他們其中的哪一個，讓狗採取了攻擊性行動？

七、**《鼠男》（二〇〇八年一月）**

主人翁姬川亮有著一段不堪回首的過去。父親罹患腦癌在家療養之際，小學三年級的姊姊竟在自家庭院死亡。警方研判姊姊是不小心從二樓摔死的。然而在姊姊死後不久，父親也過世了。父親臨終前，在病床上告訴年幼的姬川猶如詛咒般的話語：「我做了正確的事。」過了二十三年，姬川的女友似乎懷了別人的骨肉，姬川打算和父親一樣，做出「正確的事」……

八、**《烏鴉的拇指》（講談社・二〇〇八年七月）第一四〇屆（二〇〇八年度下**

半期）直木獎入圍作／第六十二屆（二〇〇九年）日本推理作家協會獎長篇及短篇連作集部門得獎作

詐欺師竹先生過去曾被一名男子樋口所率領的高利貸業者強迫參與討債行動，但是因為某個契機，竹將樋口一幫人出賣給警方。七年之後，刑期服滿出獄的樋口再次將魔掌伸向了竹。察覺到危險的竹，為了躲避樋口而四處搬家，在逃命的過程中認識了一群新的伙伴。他們決定向樋口一幫人設下驚天動地的大騙局……

九、《鬼的足音》（角川書店．二〇〇九年一月）短篇集

十、《龍神之雨》（新潮社．二〇〇九年五月）

★十一、《花與流星》（幻冬舍．二〇〇九年八月）

十二、《球體之蛇》（角川書店．二〇〇九年十一月）

十三、《光媒之花》（集英社．二〇一〇年三月）

十四、《月亮與螃蟹》（文藝春秋．二〇一〇年九月）

〈短篇小說〉

道尾曾經在二〇〇五年四月號的《小說新潮》月刊發表過真備系列的短篇〈流星的製作方法〉，本作曾入圍第五十九屆（二〇〇六年）日本推理作家協會獎短篇部門。二〇〇九年一月出版首部短篇集《鬼的足音》，未收錄上述短篇。

作者簡介／佳多山大地

一九七二年出生於大阪，畢業於學習院大學文學部。文藝評論家，花園大學文學部兼任講師。一九九四年以〈明智小五郎的黃昏〉入圍第一屆創元推理評論獎佳作，開始在各媒體發表推理小說評論。第五十一屆日本推理作家協會獎「評論及其他部門」得獎作《本格推理小說的現在》執筆者之一。著作有《推理小說評論革命》（鷹城宏合著）等，並在競作短篇集發表首部短篇小說〈河邊有屍體的風景〉。

(!)

鈴蟲

（一）

「我沒推他，也沒絆倒他。S是自己掉下去的。他坐在那道欄杆上，我一個不注意，他便消失無蹤。」

「那，發現S先生不見了，所以你到下面找他？」

「是的，就像我之前說過的，由於樹枝擋住，從上面什麼都看不見。雖然是十一年前的事，不過我仍記憶猶新。」

刑警低聲喃喃「原來如此」凝視著我，上半身往後靠。他穿著泛黃白襯衫，雙手交抱胸前，宛若三個米袋拼成的鼻子呼出一大口氣。

「那，找到的時候人已斷氣？」

看來「那」是這位袋谷刑警的口頭禪。

「沒錯。」

「那，你便埋掉他？」

「是的。」

「不過，你特意把S先生叫到那種地方，不就是打算推他下去？」

「不是的，我只想找個安靜的地方講話。我沒強迫他，只問他要不要出來而已。S也隨口答應了。當時，我們對將來都有些煩惱，所以這種情況並不稀奇。」

我確信，歲月已消除所有行凶的證據。敲破S腦袋的那塊石頭，丟在離埋葬他的洞穴很遠的地方，如今不可能找得到。一旦沖掉血跡，那就僅是地面上眾多平凡無奇的石頭之一。知曉我罪行的，只有當時那隻鈴蟲。在傾倒的樹幹底下寂寥鳴叫的，那隻鈴蟲。

閉上眼睛，十一年前日落時分的山中情景，便帶著老照片般的色澤流過眼底。

那一帶距我們上的大學非常近，被縣政府指定為自然公園。我在掛著「瞭望廣場」木招牌處的正下方，低頭望著S。昏暗的谷底，他像遭踐踏的蟲子微微蠕動。

「手機……有訊號嗎……」

無法起身的S斷斷續續出聲。

「打電話……拜託，我不會說的……我絕不會洩漏是誰下的手。我會堅稱是不小心墜落的。救護車也許能開到上方的路……要是救護車進不來，救護人員……」

S的話被他頭蓋骨破碎的聲響打斷。一次，兩次。那塊大概有十公斤重的石頭，分兩次敲破S的頭。

我把S的屍體埋在洞裡。不必動用鏟子，光靠雙手就可輕易將厚厚堆積的腐葉土挖得很深。

將S的屍體完全埋進土中後，我才注意到鈴蟲的聲音。

鈴蟲不曉得在何處鳴叫。我舉著沾滿泥土的手，尋覓鈴蟲的身影。不知道為什麼，我並未先確認有沒有人目擊方才的罪行，反倒左顧右盼地搜尋鈴蟲。在哪裡？聲音是從哪傳來的？我蹲下身子，窺探倒塌的朽木底下，總算找到一隻摩擦著貽貝似的黑色透明翅膀、發出叫聲的鈴蟲。它晃動長長的觸鬚探向空中，活像裝飾品的小眼睛直勾勾地凝視著我，不斷鳴叫。在令人喘不過氣的泥土氣味中，我把那隻鈴蟲放在視野中心，良久良久。

「欸，我再問一次。」

我張開眼眸。

袋谷刑警雙肘放在桌上，上身前傾。

「你**為什麼**要埋屍體？就算他可能傷重不治，你沒叫救護車、沒報警，至少也該找人來，但你為何直接挖洞埋起S先生？」

「我說過，那是為了我的暗戀。」

我直視對方回答。

「我早就喜歡上杏子。」

妻子杏子，當時正與S交往。

「我非常喜歡她，喜歡到不能自己，才想把事態偽裝成S失蹤。要是她得知S死去，肯定會很悲傷、很難過，一輩子無法忘卻S，我一心如此認為。於是，我埋葬S，避免有誰發現他的屍體。我打算製造出S**拋棄杏子不告而別**的事實。」

「但你是否想過，S失蹤反倒會讓杏子女士更牽掛他？」

「沒有。因為我曉得他倆的感情已出現裂痕，究竟死亡和失蹤，哪種能夠較快抹除杏子心底的S，我十分有把握。當然，現下也很有把握。」

「哦……」

袋谷刑警抓抓鬆弛的臉頰。午後陽光從他身後的格子窗射進來，分外突顯皮膚上的凹凸。

「所以，你掩埋S先生的屍體？」

「是的。」

「那，就結果而言，你已得償所願？」

「沒錯，直到今天我都是這麼認為的。我順利達成完全犯罪。」

完全犯罪。袋谷刑警重複這四個字，注視著我，然後視線移向半空。

「難道，那個什麼……你愛看推理小說之類的嗎？」

我緩緩搖頭。

「沒那麼誇張。刑警先生，您想想，我不過是藏起S的屍體，沒人發現的話就是完全犯罪了啊。不，即使是我推落S，只要屍體沒曝光，便是完全犯罪。我啊，平常就認為這個世上充斥著完全犯罪。所做所為若沒別人發覺，都算是完全犯罪。您也一樣，不曉得幹下多少完全犯罪。人哪，只要活著，全是罪犯，完全犯罪的罪犯。」

狹小的房內，一度為靜默籠罩。

刑警半張的嘴「呵」地微微吐一口氣，笑了笑。

那位刑警的肩頭有個黑黑的東西，原來是鈴蟲。小小的、小小的鈴蟲，爬上刑警皺巴巴的白襯衫，搖晃著兩根觸鬚看著我。

(二)

我、杏子和S，是大學時代的朋友。

打從第一次見到杏子，我就喜歡上她。每一次見面，每一次交談，都讓這份心情更加強烈。每當看著她，除了壓碎胸口般的揪心之痛，其他一切都不復存在。一下課，我就窩在靠雙親接濟的生活費租來的破公寓套房裡，滿腦子想著她。想著她露出小虎牙的爽朗笑容，想著她臉蛋旁輕盈齊長的栗色髮絲。想著她一手遮擋陽光對我說話時，瞇起眼睛的表情。想著她在課堂上低頭寫筆記時，露出的紙一般雪白的頸項。拂過校園的風吹亂她的頭髮，以為她會顰首蹙眉，一看之下，她正開懷大笑。

但是，我不敢表白。因為論容貌、論內涵，我都沒自信。因為我怕和她連朋友都當不成。因為不希望她認為我的每句話、每個動作都別有含意，而疏遠我、提防我。

大二期中，不到一月竟難得下起大雪的那天，我在車站大樓的咖啡店裡聽S報告。S以平板無深度、活像乾癟檸檬的雙眼注視著我，劈頭便說：

「我決定和杏子交往。」

他只動嘴唇，沒多餘的表情動作。

杏子是在一週前向他告白的。

我拿著咖啡杯的手懸在半空中，冰水般的感情一滴、一滴緩緩落在心口。我強忍著心臟逐漸濕透的感覺，點點頭。

「這樣啊。」

然後我故意挖苦地笑笑。

「不過，還真意外，之前根本沒那種跡象。」

回到公寓，我仰望天花板，仍舊想著杏子。

S就住在隔壁，不同系的我們原本就是藉這機緣才混熟的。我和杏子是理工學院，S則是文學院哲學系。

自從他倆開始交往，我便養成隔著薄薄的牆傾聽杏子聲音的習慣。不管是說話聲，或其他聲音。所謂的其他聲音有時候和平常不一樣，偶爾也會有東西在地板上搖動般的卡嗒卡嗒聲響，摻雜在說話聲中傳過來。遇到那種情形，我總像抱著一顆蒼白的炸彈，悄悄四肢趴地，盯著牆壁。然後，鼻尖湊到離有點髒的壁紙僅幾公分的位置，屏住呼吸，以近得無法聚焦的雙眼凝視牆的另一端。於是，戀情片片撕裂，從叫床這件事，我學得什麼是痛苦和快感。

杏子明知公寓的牆很薄，卻未拚命壓抑聲音是有理由的。因為我說謊。兩人交往之後，S和杏子以為我每天的課餘時間幾乎都在打工。我是這麼告訴他們的。但實際上，一下課我便立刻逃竄似地從杏子身邊離開校舍，回到房間，盡量不發出任何聲響，靜候她的聲音。一天，又一天。

某個傍晚，我盤坐在房內一角，照例豎起耳朵留意隔壁的動靜。不久，門鎖轉動，飄進細微的話聲。那一瞬間，我詫異得爬起身。

是誰？

聽是聽見了，卻十分陌生。不會吧，我暗想著弓身向前，把神經集中在耳朵上。女人的聲音，S的聲音。雖然聽不出談話的內容，不過我很快就理解狀況。

S帶別的女人回家。

S與女人斷斷續續地交談約三十分鐘便靜下來。不久，又傳出聲音。是女人的聲音，但不是在說話。一開始音量很小，像實在忍不住才發出，漸漸地，放縱的色彩愈來愈濃，最後彷彿誇示著什麼，變成半刻意地叫出聲。有東西在地板上卡嗒卡嗒搖動，然後在某一刻，叫聲與聲響倏地中斷。

經過約一分鐘，傳來女人的呢喃及S的低笑。

我第一次對S心生憎惡，就在這個時候。

從此，隔壁便常常傳來別的女人的聲音。大致是杏子、杏子、女人、杏子、杏子、杏子、女人這樣的頻率。而不管聽到誰的聲音，我內心對S的憤怒都只增不減。可是，我無法直接找S理論，否則我天天卯足勁打工的謊言就會拆穿。於是，我懷著扭曲變形、黑暗陰沉的意念，度過潮濕的每一天。

季節轉換，油蟬開始鳴叫時，S在大學校園一隅叫住我。熱鬧快活地邁向大門的學生中，唯獨S走近的身影顯得黑壓壓的。一到我身邊，S便停下腳步，雙手插進牛仔褲口袋說：

「你喜歡杏子吧？」

這明顯是採取問句形式的攻擊，只不過，當中帶著勝券在握、不畏對方反擊的自信。S不懷好意地歪著嘴角。

「哪有。」

我答覆後，不由得垂下頭，不敢回視S。我知道，視野上方，個子比我高的S正定定俯視眼前的瘦削男子。他發出咕的一聲，彷彿從臼齒裡側吐出短短氣息，銼刀擦過般的刺耳笑聲緊接在後。

「那麼，是誰的聲音你都不在乎？」

乍聞，我還不明白他這麼問的意思。

「你就是暗戀杏子，才一直偷聽吧？」

那語氣毫不掩飾嘲弄，甚至刻意強調。

吸進來的氣，我呼不出去。低垂的視野中，太陽下的校園柏油路面反射出強烈的白光。只留下眼前S的雙腳，日光模糊了周圍的景物。

「你偶爾也會聽到別的女人的聲音吧。」

S在我頭頂上方繼續道：

「你應該沒打算向杏子告密吧。」

油蟬的叫聲扭曲灼熱的空氣。我無言點頭，於是S停頓一會兒，才低聲說：

「你今天也好好聽著，我會讓杏子發出你從未聽過的聲音。」

宛如漆黑的鯨魚在空中前進般，S令人厭惡的聲音不容許任何聲響阻礙，直達我耳內。

「算是保密的謝禮。」

然後，S從我旁邊走開。四周景物重回我的視野，只見S步向杏子。她伸手遮陽，露出微笑。她似乎問了S什麼，帶笑望我一眼。S接著又說幾句，搖搖頭。不久，兩人便朝校門走去。

那天，S在牆的另一邊，實現了他的預告。杏子發出我初次聽聞、難以形容的聲音，我內心萌生明確的殺意。

那週的星期日，我埋掉S。

兩天後的星期二，杏子來找我商量。她聯絡不上S，打電話到他老家，親人們也沒頭緒，於是S的母親決定報警。真不曉得該怎麼辦，杏子哭著向我傾吐。我很有耐性地聆聽，並握住她的手，反覆告訴她「不會有事的、不用擔心」。當然，S沒再出現在她的面前。我經常和杏子在一起，原先是想安慰她、安撫她的情緒，漸漸地，見面的目的愈來愈模糊。之後，我們沒特別的理由也照樣見面，順理成章有了親密關係，我第一次在耳畔聽到牆後的聲音。大學畢業一年後，我們步上紅毯，次年便生下春也。

「那，就結果而言，你已得償所願？」

我確實這麼認為。

（二）

那是去年的事。

七月底，春也從小學帶鈴蟲回來。因為暑假將至，班上養的鈴蟲由同學自願帶回家照顧。

我原以為放完暑假便會歸還學校，但細聽之下似乎並非如此。鈴蟲是兒子認養的，總共十幾隻。裝在附網蓋的塑膠飼育箱內的鈴蟲，三分之二是公的，一放到暗處就會全體高聲發情。

由於老師交代不能讓土壤乾掉，春也用杏子買給他的噴霧器，每天為飼育箱補充水分兩次。每次噴水，鋪在箱底的土壤和枯葉便會散發餿味。就是那座樹林的味道。

春也把昆蟲飼育箱放在客廳角落。每晚，我都被迫在三十五年貸款買的小小雙層住宅中聽鈴蟲鳴叫。只要有一隻先叫，另一隻便隨即跟進，於是，又一隻摩擦起翅膀，不知不覺滿屋都是叫聲，在我腦中鮮明描繪出那個傍晚的深山情景。S破掉的頭。我那件被他的血染紅的外套。沾滿泥土的雙手。在頹倒樹幹下搖晃的兩根長長觸鬚。那雙直勾勾盯著我的罪行，活像裝飾品的眼睛。

「你幹嘛帶鈴蟲回來？」

八月剛過三天，吃完晚飯，我在餐桌上不由得抱怨。話一出口，我便知道不妙。客廳角落的飼育箱中，又響起那氣人的、顫抖耳鳴般的合唱。

起先，春也綻開得意的笑容，但還未說半個字就面色一僵，脣角猶豫著，未完全揚起便靜止。兒子從以前便時常露出這種神情。一旦察覺父親**不太對勁**，一定會浮現這樣的表情。

我刻意擠出笑容，重新問道：

「不是有人硬推給你的，對不對？」

春也不安地縮起小小的下巴點頭。廚房傳出輕微的餐具碰撞聲，杏子在洗碗。

「不可以帶回來嗎？」

「不可以？怎麼說？」

「因為……」

因為爸爸不就擺出那種臉色了？**一副想摔東西、大叫的臉色，不是嗎**？

「爸爸不討厭昆蟲啊。去年夏天，不是和你一塊抓過獨角仙、鍬型蟲，還有金龜子什麼的？」

「嗯，抓過。」

春也抬頭看著我，開心一笑。大概是想起獨角仙落網當時的力道，和金龜子的光澤吧。兒子滑下椅子，匆匆走到房間一角，捧起飼育箱。箱內傳出的叫聲瞬間停頓。然後，春也抱著飼育箱返回餐桌。

「告訴你喔，老師說只有公鈴蟲會叫。像這隻翅膀很大是公的，屁股後面突出一根棒子就是母的。」

春也把飼育箱放在餐桌上繼續說明。

「公的不是靠嘴巴發出叫聲，而是快速拍動背上的翅膀。」

透明塑膠箱裡，鈴蟲睜著黑眼睛一齊盯住我。沒任何一隻鳴叫，沒任何一隻摩擦翅膀，但我仍聽見聲音。我稍微湊近飼育箱，然後——

「……」

有聲音。

我目光立刻轉向春也，他還在介紹鈴蟲。於是，我視線移回飼育箱內。鈴蟲看著我，其中一隻微動前腳，又說了些什麼。牠搖晃長長的觸鬚，敏捷地蠕動細鬚子般的東西講話。以彷彿無數小泡泡冒出泥漿的聲音，持續對我低語。那音量逐漸變大，從我的耳朵不斷向內、向內、向內入侵，一個勁兒往腦漿裡鑽。

身旁傳來一道巨響。

「你怎麼了……」

杏子問。

她把濕抹布拿在胸前，雙眼睜得大大地注視著我。我發現右手被按在餐桌上，拳頭底部陣陣作痛。

春也就在我旁邊，像遭遺棄在陌生地方似地渾身僵硬，以和妻子同樣的神情望著我。約莫是因為吃驚，多半還有難過，連話都說不出。

「飼育箱不准放在餐桌上。」

好不容易，我又恢復言語的能力。

「放回原位。」

春也默默照做。看得出小小的身體被恐懼的氣氛包圍，他正全力戒備，以承受我的下一句話。但我不發一語，只轉身面向餐桌，鬆緩緊繃的臉部肌肉，望向空無一物的地方。廚房再度傳出水聲，餐具的碰撞聲比剛才更加生硬。

過了一會兒，鈴蟲又在身後嘈雜鳴叫。

春也勤快地照顧鈴蟲。

他似乎讀過兒童圖鑑，要杏子把茄子、小黃瓜和蘋果切成小塊放進飼育箱，偶爾也餵食吐司邊。此外，他還留意飼料有無變質腐壞，不時更換。

我沒出言干涉，每晚下班回到家，僅遠遠地看著他照料鈴蟲的模樣。

鈴蟲經常鳴叫。而叫聲一停，就一定會說話。牠們會以那種渾濁湯汁啵啵沸騰般的聲音，喃喃低語。即使仔細觀察飼育箱，也瞧不出究竟是哪隻在講人話。好像是這隻，又好像是那隻。或許原本就不只有一隻。

乾脆把牠們全部殺掉。一天晚上，我下定決心。

鈴蟲進駐約兩週後的某個夜晚，我偷偷溜下床。

我留心不吵醒杏子和春也，悄悄步出寢室下樓後，走進浴室，打開洗臉臺下方的拉門，拿出噴霧式殺蟲劑潛入客廳。如同在高頻的音潮中潛泳，我接近昆蟲飼育箱，輕輕掀開加了蓋、像觀察窗的透明部分，將右手中的殺蟲劑噴頭拿近開口。罐子側面碰到飼育箱一角，發出卡嗒輕響。剎那間，不斷窸窣作響的鈴蟲一齊噤聲。黑暗深處的鈴蟲一同仰頭看我，晃動起嘴邊鬍鬚般的東西。我一咬牙，手指放在殺蟲劑的按鈕上，準備壓下時，卻突然聽到一聲「爸爸」。

一回頭，穿著睡衣的春也站在客廳門口。黑暗中，唯獨那圓睜的雙眼微微發光。

「你在做什麼？」

我左手輕輕關上觀察窗，回答「有蟑螂」。

「蟑螂跑出來，跑到你的鈴蟲那邊。」

「跑進箱子裡了？」

「沒有，只是往這邊亂竄。可是，爸爸擔心搞不好會跑進去，所以還是查看一下。不過沒瞧見蟑螂，箱內都是鈴蟲。」

「你對鈴蟲噴那個？」

春也發亮的眼睛直盯著我的殺蟲劑。

「沒有，那樣你的鈴蟲會死掉啊。」

我起身走向春也。

「蟑螂逃掉了，回房睡吧。你是下來上廁所的？」

「嗯……現在才要去。」

我陪春也走過走廊，半途便先上樓。回到二樓寢室，我把殺蟲劑放在地上，鑽進被窩時，聽見樓下的廁所沖水聲。鈴蟲的叫聲如爬過闇夜深處般再度響起，黑暗中另一頭的天花板彷彿一寸寸向我壓下。

春也的暑假結束了。

鈴蟲的叫聲變得很虛弱，大概是牠們的季節也將要結束。鈴蟲不會過冬，秋天一來便會死光。我一心暗盼著這一刻來臨。

晚餐後，春也比平常更熱切地注視著客廳的飼育箱，那模樣真令人在意。我坐在餐桌旁，握著已不冰涼的啤酒杯，以眼角餘光觀察兒子。春也轉頭看我幾次，似乎有話想問。但或許是怕我像上次一樣猛捶餐桌，他並未開口。原本在廚房洗碗的杏子以抹布擦著手踏進客廳，春也便迫不及待地轉頭喚母親。

「媽，這些鈴蟲在幹嘛？」

杏子走到春也身邊蹲下，日光燈照得她瘦削的雪白頸項分外鮮明。我離開餐桌，靠近兩人身後。

「現在公的和母的啊，樣子好奇怪。妳看，這邊也是。」

我往春也小小的手指比的地方望去，一隻母鈴蟲緩緩在土上爬行。

「母的走向公的。」

母鈴蟲的目的地有隻公鈴蟲。公與母兩隻緊貼在一塊，開始互相磨蹭。春也隔著塑膠牆緊盯住牠們不放，**和那時候的我一樣**。

「你覺得牠們在幹嘛？」

我問春也。春也發現我在背後似乎頗為驚訝，肩膀震顫一下，轉過上半身。

「你覺得這隻公的和母的在做什麼？」

我重複問一次，春也默默搖頭。

「爸爸來告訴你。」

大概是醉意逼出話，一回神，我正以露骨地形容向兒子說明鈴蟲的行為。兒子微微皺眉，彷彿眼前是個陌生人。杏子也覷著我，雖然她沒開口，但我看得出她臉上明顯流露畏懼之色。

秋天來臨。

暑氣遠去，飼育箱裡的鈴蟲幾乎同時死絕，剩下最後一隻母的。牠注視著某處，一直待在角落動也不動。春也似乎認為是自己沒照顧好才害鈴蟲死掉，所以，我告訴他鈴蟲是不過冬的。而這好像一舉打消兒子對鈴蟲的愛，春也毫不猶豫地將飼育箱扔到院子。第二天早上，我去看了一下，最後一隻母鈴蟲也翻肚全身僵硬。

猶如綿綿不絕的誦經聲，令人毫無印象的冬天來了又走。度過春天，六月到來，關東降下破紀錄的大雨。這場雨一停，天氣便幡然大變，接連幾個日子都是悶熱的晴天。

某個星期天早上，待在客廳的我無意間望向狹小的院子，只見外牆上停著一隻烏鴉。烏鴉默默待著，只管靜止不動，簡直像在窺伺我們家。我故意用力打開紗門，烏鴉惹人厭地鳴叫一聲，沉沉拍翅飛離。飼育箱翻倒在剛才烏鴉駐足處的正下方，我趿著涼鞋晃到那邊。

我蹲下探進箱中，凹凹凸凸的土壤一角，有黑色不明物動呀動的。我湊近凝目細看，驚人的是，那竟然是鈴蟲，一隻很小、很小的鈴蟲，想必是之前的鈴蟲產的卵孵化而成。我觀察許久，除了這一隻，沒瞧見別的鈴蟲。可能是被遺棄在此，無人管理土壤狀況，所以沒其他的卵殘存。

「請問是〇〇先生嗎？」

某人呼喚我的名字，我抬起頭。爬滿青苔的牆後，兩名男子警戒地看著我。

「有事要請教您。」

較年長的男子從西裝上衣內袋拿出黑色小冊子。我搖搖頭，雙頰稍微上提，擠出一絲笑容。

「我今天有點忙。」

他使個眼色，同行的年輕男子便從手提包取出一張照片，拍的是一件放在銀色工作臺上的夏季薄外套。外套上沾滿泥土，整件遭到腐蝕，原本的淺咖啡色幾乎變成漆黑，但我一眼就認出那是我的。

十一年前，我埋S的屍體時，一起埋在那片樹林底下的薄外套。

「您對這個有印象吧？」

那語氣不是問句，而是在確認。我默默無言，不置可否地將視線從照片上移開。年長的男子自稱姓袋谷，熟練地表明立場。

「能請您跟我們走一趟嗎？」

我轉身向後看，杏子和春也並肩站在敞開的窗戶內側。兩人望向這邊的神情都帶著不解，與些許不安。

此時，腳下的飼育箱裡，傳來剛才那隻鈴蟲的低語。

聲音很小，真的非常細小。

「我知道……」

我悄聲回答鈴蟲。

（四）

「總而言之，經過十一年，你幹的事終於在這次的大雨中露餡，很遺憾。」

「是啊，很遺憾。」

緊緊攀在袋谷刑警肩頭的小鈴蟲，仍搖晃著觸鬚看著我。

據說，由於大雨造成懸崖坍方，前往現場視察的公所職員發現露出地表的S遺體，以及我那件和S埋在一起、沾染大量血跡的外套。

「不過，你怎麼沒清空口袋裡的東西？一併掩埋沾血的外套，這我能理解，因為穿回去太引人注意。可是，你好歹要拿出學生證、借書證之類的啊。雖然不該這麼說，但實在是失策呀，失策。」

袋谷刑警往鐵椅椅背上靠，緩緩搖頭，接著又突然傾身向前。

「是心慌意亂，一時忘記口袋裡放有那些證件嗎？」

「嗯……大概吧。」

什麼都不懂。

這人根本什麼都不懂。

「我想，就是這樣吧。」

那天，我會把口袋裡的東西連同自己的外套一塊陪葬，便是料到遲早會有這一天。只不過，我沒料到這一天竟然這麼晚來。

我該心存感激吧。

十一年前的某個星期天，我無事可做、無事可想，獨自在公寓裡望著天花板。黃昏時分，我出門前往離大學不遠的自然公園。理由很單純，只是想看杏子一眼——我偷聽到S和杏子約在那邊見面。那片樹林中，適合男女徒步前往的地方，只有圍著欄杆、掛著「瞭望廣場」牌子，視野名副其實的高臺一角。通往那兒的途徑有兩條，一條是主要的林蔭大道，另一條是野草叢生的小路，幾乎算是山路了。我不願在途中遇見他倆，便選擇走山路。我想躲在樹後窺看被蟬鳴包圍的她，想遠遠注視瞇著眼單手遮擋夕照的她，僅此而已。真的是僅此而已。

他們並肩坐在高臺的欄杆上交談。欄杆是原木搭建的，高度約一公尺。

杏子身穿T恤，斜背著夕陽，面向S的側臉，遠遠地、好美，嘴脣動得好溫柔。我靠在水櫟樹幹上望著杏子，感到鼻子深處陣陣刺痛。眼中的景色閃閃發光，燦爛奪目。凝睇著籠罩在一片橙色下的杏子，我悲傷得不能自己。即使如此，我還是無法離去。我想一直看著薄暮中的杏子。永遠永遠，一直看著她。

「喏，這些鈴蟲在幹嘛？」

不久，杏子雙足落地，離開欄杆。眼神有些空洞的她緩緩踏出腳步，彷彿因重心移動而不得不挪動腿般一步一步遠離S身邊。於是，她進前一公尺，又進前一公尺，然後回頭。

「公鈴蟲和母鈴蟲的樣子好奇怪。」

杏子直視著仍坐在欄杆上的S講話，S應了幾句。杏子點點頭，便要背過身，但半途突然又轉向S。

「母鈴蟲啊，會靠近公鈴蟲。」

她跑向S，雙手往他胸口一推。事情發生在一瞬間，S連叫都來不及叫，就消失在欄杆另一邊。

「你覺得牠們在做什麼？」

杏子奔出瞭望廣場，奔下鋪著泥土的階梯。我立刻跟在她身後。她撥開草叢走入樹林，似乎是要到S的跌落處。

「告訴你吧。」

杏子踩著草叢前進。

「接下來，母鈴蟲就會殺死公鈴蟲。」

我追著杏子的紅上衣。

「母鈴蟲會給因發情和交配而虛弱的公鈴蟲致命一擊。」

我在高一層的地方俯視他倆。我隱身於粗壯的樹幹後，屏著氣，不讓兩人發現我的存在。頭上重重疊疊的樹葉，在向晚的天空中交織成網目。呼吸聲從眼前粗硬的樹皮反彈回來，聽著格外大聲。

「母的會吃掉公的好活下去。」

S斷斷續續地向杏子求饒：我不會說是誰下的手，我會堅稱是不小心墜落的，所以幫我叫救護車。但杏子沒答應，她毫不遲疑地拿起腳邊的石頭，重擊S的腦袋兩次。

然後，杏子便轉身離開。

「不過，你太太和兒子……一定非常吃驚吧。」

刑警的眼神顯得萬分同情。

「我準備和妻子離婚，這樣對他們比較好。對兒子、對妻子都好。雖然是很久以前的事，但幹出遺棄屍體這種事的家人，還是沒有的好。我不在對他們比較好。」

孩子不能沒有母親。至於父親，少了日子也能過下去。

鈴蟲在刑警肩上喃喃低語。以誰也聽不見的音量，不斷向我低語。鈴蟲的聲音爬進我的腦海，在那裡增殖、增殖，不斷增殖，間歇性地加大音量，同時密密麻麻地占據頭蓋骨內側。我曉得有東西包圍我，且步步逼近，不留一絲空隙。不知為何，這讓我想起孩提時代。祖父抽菸的味道。祖母打著瞌睡、愈來愈遙遠的聲音。父親襯衫上沾到的、黑痣般的墨水漬。拿著抹布粗枝大葉地擦餐桌的母親。以前喜歡過的文具店裡的女孩，在附近錯肩而過時，她一定會對我怒目而視。和朋友兩人一起發現的、空大樓的祕密入口，我們在髒兮兮的混凝土內有過無數趟冒險之旅。鈴蟲在刑警肩頭低語，朝著我不斷低語。

「住口！」

刑警聞聲立刻抬起頭。我雙手按著桌子，大口吸氣。眼睛深處好痛，痛得像眼球脹大了似的。心臟怦怦猛跳，每一次跳動，房內的景物便明滅一次。

「我知道……這我當然知道！從一開始我就知道！我早就知道了！我知道！我知道！我知道！」

每吐出一句話，就有東西被壓扁、毀壞。我一次又一次捶著桌面，一次又一次。背後響起開門聲，有人進來，立刻又出去大叫幾句。然後，幾個匆促的腳步聲愈來愈近。

(!)
野獸

烏鴉會吃昆蟲嗎？

春天的星期日，我一手放在椅背上，從二樓房間向外望。一個漆黑突兀的東西，鎮坐在朝陽映照的玻璃窗中央。牠停在屋頂上，不叫，甚至連動也不動，一直盯著我這邊。那是隻體型頗為碩大的烏鴉。是因為距離很近，才這樣覺得嗎？

那烏鴉和我之間有隻白粉蝶飄飄飛舞著，已有一陣子。以為牠會飛走，牠卻又上又下地晃動，笨拙地轉換方向，以不牢靠的飛法回到原處。要是烏鴉突然張開翅膀，衝過來用黝黑的喙夾住白粉蝶小小的身體怎麼辦？牠們會吃昆蟲嗎？我看過烏鴉吃死貓和活老鼠，肚子一餓，難保不會吃蝴蝶。就像人類，除了牛肉和豬肉，也會吃吻仔魚。

我走離椅旁，解鎖打開窗戶。本打算揮動雙手威嚇一下，把白粉蝶趕走，但牠不知怎地竟身子一轉，筆直朝我飛來。我連忙縮頭，卻已太遲。白粉蝶撞上我的左頰，我大吃一驚，上半身失去平衡，踉蹌後退好幾步。椅子恰巧就在後面，於是，彷彿椅子使出德式翻摔，我翻了半圈，後腦杓著地。頭部受到猛力撞擊會眼冒金星原來是真的——還能這麼想，可見撞擊的力道尚不至於讓我昏迷。

白粉蝶肆意在房內翩然飛舞。這傢伙是怎樣？

我揉著後頸爬起來。我沒事，但椅子可沒這麼幸運。精雕的四隻椅腳中，有一隻解體，滾落在地上。我想起祖母提過這張椅子相當昂貴。

「這是女校時代的朋友讓給我的。雖然有點老舊，但雕工非常精美，我一眼就喜歡上。」

這張椅子宅配到家裡，剛好也是在兩年前的星期日早上。

「據說是監獄自營產品。」

在一樓的客廳裡，祖母一下遠觀一下近看，滿意地向我們說明。

「你知道這類產品吧？」

祖母望著我，嘴角帶笑，目光卻像考官一樣冰冷。爸爸和媽媽在祖母身後，宛如靜待實驗結果的科學家般等我回答。小我一歲、當時才剛上高一的妹妹，也略略抬起下巴，儘管身在較矮處，卻露出高高在上俯視我的眼神。

「知道啊。」

我不禁撒謊。只是，這個謊似乎騙不了人，祖母和爸媽的面孔頓時蒙上一層陰影。即使如此，爸爸可能還懷著一絲希望，於是開口：

「那你講講看，那是怎樣的東西。」

我當然沒辦法回答。監獄自營產品，監獄自營產品，監獄自營產品。我沒聽過，不，或許聽過，但我想不起來。從字面猜得出大致的意思，可是在這個家裡，模稜兩可的答案不算答案。我還在支支吾吾，妹妹便故意嘆一口氣讓大家都聽到，然後主動扮演起解釋的角色。

「就是受刑人在監獄裡做的東西。目的是要建立規律，讓受刑人對本身的義務和責任有所自覺。而且，學習技藝有助於回歸社會。」

祖母和父母流露出「一點也沒錯」的態度，神情逐漸緩和。妹妹微微揚眉，補充一句：

「之前我讀的課外書上寫的。」

在這個家，我是無可救藥的廢人。我不會念書，無知無識。我就是記不住，再怎麼努力都記不住，從小學起便是如此。我沒辦法像逝世的祖父，或祖母、爸媽、妹妹那樣，只要看過、聽過一遍就絕對不會忘記，需要的時候即能隨口引用。

祖父當了一輩子警官。祖母原本在大學教法律，結婚後就專心當家庭主婦，尊敬丈夫，在尊敬中為他送終，送終之後仍一直尊敬他。爸爸是法院的事務官，媽媽是大學醫院的值班醫生，妹妹是以東大法律系為目標的高一生。只有我，是一無是處的米蟲。只有我，算不上家中一員。

然而，今年若能考上水準令大家滿意的大學，或許還有資格重返家人的行列，但我不幸失敗。我總是失敗，腦海裡沒任何一則回憶與成功這字眼有關。

我看榜回來報告結果，祖母率先撇開視線，悄悄嘆口氣。爸媽眉頭深鎖，無言地注視我。妹妹小小嘖一聲，便上樓回房間。三個月後，現下我是補習班的重考生。祖母和爸爸有事沒事就把「丟臉」掛在嘴上，媽媽變成只幫我煮飯的人，妹妹瞧都不屑瞧我一眼。看來我的失敗，等於是全家的失敗。

這些每天扔往我身上的無形小石子，老實說，已讓我傷痕累累。即使有塊大石頭從哪個屋頂掉下恰巧直接砸在我頭上，想必也不會這麼痛。可是，帶著明確意圖丟過來的小石子真的很痛，居然沒流血，我感到非常不可思議。

我隨手拾起滾落在地板上的椅腳，不曉得是不是選用好木材的關係，相當沉重。一樓傳來微弱的笑聲。那不是家人發出的，是電視的聲響。這個家已沒有笑聲。

椅腳不是用釘子之類組裝的，這種工法似乎叫「木軸」？腳的斷面和椅子本體各開一個四角形的洞，再以木塊連接固定。眼下那塊木頭斷成兩截，分別留在椅子和椅腳上。不曉得工具修不修得好？我低頭看右手中的椅腳，不由得心生疑惑。

「嗯……」

這是什麼？

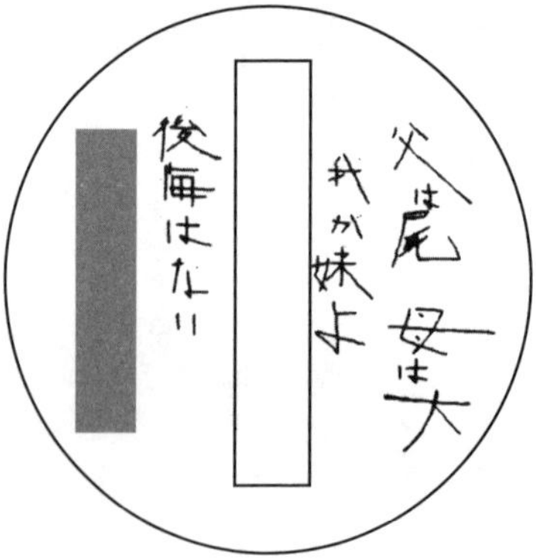

椅腳的斷面上雕有東西。沒塗亮光漆的白木紋理上，刻著極細的文字，感覺是匆促而就，筆跡凌亂。不，或許不叫筆跡，而是形成文字的刀痕。由於光照的角度不佳，看不清楚，我拿著椅腳到窗邊，變換各種方向觀察。此時，身邊響起沉重的拍翅聲。定睛一瞧，剛才那隻烏鴉正要飛離屋頂。大大的翅膀才拍動四下還五下，黑色身軀便轉眼變小，消失在薄雲籠罩的天空盡頭。

視線移回椅腳，我仔細檢視斷面。那是直寫的日文，字不是很漂亮，共有四行。第一行是「父」……「は」……「尾」？不，是「屍」嗎？「母は」……「大」？似乎是這樣。「屍」和「母」之間有一點空隙，所以是「父は屍、母は大」（父為屍，母為大）。「大」是什麼意思？是句子沒寫完嗎？因為空間不夠，沒辦法寫完嗎？「大好き」（好喜歡）？「大嫌い」（好討厭）？「大きい」（好大）？不會吧。第二行應該是「我妹」沒錯。第三行是「後」……「海」，不對，是「悔」……「はない」……「後悔はない」（我不後悔）。對，看起來是這樣。第四行是人名，刻著「S□□」的全名。當然是我沒聽過的名字。

我低頭盯著椅腳斷面足足二十秒。S是誰？他在何時、何處，又為什麼要刻這幾句話？我馬上推想出一半的答案：這是身為受刑人的S在監獄裡刻的，這是唯一的可能。至於他的動機，就不太容易猜了。是要給「妹妹」的留言嗎？果真如此，文句怎會辭不達意，況且為什麼刻在這種地方？即使在監獄裡，若有話想說可以寫信，只要辦妥規定的手續，應該也能會面。

實在令人好奇。

我拿著椅腳，走到念書用的矮桌前，把堆在上面的考古題、參考書、補習班課表等雜物推到一邊，打開筆記型電腦，連上網路，輸入S的全名搜尋。

「噢……」

找到了。

好幾個網站都有S的名字。我湊近螢幕，依序打開網頁。

昭和四十年（一九六五）冬。

福島縣湯湖村。

無期徒刑。

妹妹。

我仔細閱讀每個網站的內容。全看完後，又回頭重看第一個，並將列印出來的資料重點畫線，不知不覺花費很多時間。說是很多，其實也頂多一小時。但能專注在某件事上整整一小時，對我而言是相當難得的。

我雙手插在後褲袋，仰望天花板，肚子底部隱約有股莫名的情感翻騰。我轉動脖子，發出啪嘰啪嘰的聲響，方才的白粉蝶映入眼簾。牠倒停在天花板上，以黑點般的雙眼睇著我，一搧一搧地拍著單邊翅膀。原來蝴蝶會這樣動？那片翅膀朝著房門，簡直像在勸我「去啊、去啊」。

至今，我獨自做過很多事皆以失敗告終。從小到大都失敗，或許偶爾聽聽昆蟲的話也不壞。既然牠叫我去，我就去吧。縱使等著我的不是好結果，也不是我的錯，要怪只能怪白粉蝶。

「嗯，就這麼決定。」

我雙手一拍，起身走向衣櫃，換了運動服、換了牛仔褲，拿出抽屜裡的皮夾確認有錢，塞進後褲袋。接著，我抓起背包，把印出來的Ａ４紙和椅腳扔進去，往肩上一揹，踏出房門。步下樓梯，便聽見電視傳出熱鬧的聲音。爸爸、祖母、妹妹在客廳，廚房露出媽媽的背影，沒人回頭看我。這個家，已沒有關心我的親人。我穿上運動鞋，靜靜走出家門。

（二）

我從東京車站搭乘新幹線山彥（YAMABIKO）號，不曉得是不是碰上星期日的關係，頗為擁擠。自由座車廂攜家帶眷的乘客很多，我盡量不去看他們愉快聊天的模樣，只坐在靠窗的位子眺望風景。外頭陽光普照，街景、田野、河岸無限祥和。

我究竟在幹嘛？接下來想去做什麼？

以S的名字查到的，幾乎都是搜羅奇案的網站。其中還有網站以PDF公開案發當時的報導和週刊頁面，讓我對S的生平和犯行有更詳盡的理解。在對那方面有興趣的人之間，這似乎是十分著名的案子。

目前我所知的資訊如下：

昭和二十二年生於福島縣湯湖村的S，幼時母親便亡故，由在佃煮工廠工作的父親與祖母撫養長大。他的父親相貌平凡，但S無論在小學或中學，皆是公認的美男子。地方上的人們都說，他多半是遺傳自容貌秀麗的母親。

昭和三十八年，S十六歲的時候，父親因操作鍋爐失誤引發爆炸，雙膝以上遭受重傷，無法再站立作業，只好請辭。傷勢復原後，雖然能夠勉強步行，卻找不到工作。當時，保障身障者工作權的法律不如今日完備，身體有缺陷的勞動者終究是不受歡迎的，S一家三口的生活陷入困難。

但是，這一年的秋天，幸運降臨。因為他的父親將再婚，且對象是以買賣會津牛致富的當地望族的獨生女Y子。女兒要和有孩子又沒事業的男人結婚，雙親起初非常反對，不過考慮到女兒已三十出頭，最後仍點頭答應。既然給予認同，不愧是望族，還為新的家人蓋新房子。S、祖母、父親與Y子，便住進那幢獨門獨院的平房。那時祖母年歲已高，雖然沒患重病，身體也漸漸不聽使喚。

兩年後的昭和四十年，夫婦之間誕生一名女嬰，也就是S同父異母的妹妹。

案子發生在嬰兒出生後約一週。二月底的星期日，全世界都在談論美國對越南展開轟炸的新聞，福島縣的這個寒村卻埋在深及腰部的雪中，一片寂靜。

發現S家慘狀的，是個近三十歲的泥水匠。他是承辦這次新屋建案的小營造商繼承人，以前就經常出入Y子娘家。

由於前一天夜裡下了大雪，泥水匠臨時起意，想去幫忙清除屋頂的雪，便帶著鏟子前往S家。當時是上午十點左右，他先敲玄關的拉門，但無人回應，門上了鎖。而玄關到大門間的新雪上不見半枚腳印，他覺得不太對勁，因為沒腳印就代表不曾外出。他繞到房子後面的院子找人，終於從起居室的窗戶看到S。S神情茫然地坐在地上，拿著菜刀靠近自己的脖子。泥水匠連忙跳上緣廊拍打窗戶。S瞥見他，便立刻將菜刀抵住脖子。幾乎同時，泥水匠以鏟子擊破窗戶，衝進房裡制止S。搶下S手中的菜刀時，他才發現S的白毛衣和牛仔褲被染成大片大片的紅色。他以為S已刺傷脖子，但S身上沒任何傷口。他逼問S原因，S閉口不肯回答。

泥水匠環視屋內。S的祖母下半身仍坐在暖桌裡，仰天倒下，遭割喉而死。走出起居室一看，Y子被勒死在走廊正中央。玄關旁，S父親的單衣胸前滿是鮮血，早已斷氣。不知為何，其遺體下腹也流出大量的血，旁邊還有一灘切碎的腥紅不明物。

泥水匠想起出生未幾的嬰兒，立刻四處尋覓。嬰兒躺在夫婦寢室的毛毯上，雖一息尚存，但那細細的脖子上殘留著一對血手印。據S事後供述，他本想殺死嬰兒，卻心生猶豫，怎麼都下不了手。泥水匠以家中的電話報案，警察立刻趕來。這段期間，S只是迷茫地站在原處。

依警方的調查，S行凶的順序似乎是祖母、Y子、父親，想致妹妹於死地之際臨時收手，正要自絕性命，卻被泥水匠發現。至於犯案的理由，遭到逮捕的S表示「平常就和家人合不來」，此外沒多做解釋。

媒體最感興趣的是S對父親遺體的作為。他不但割下親生父親的一部分，還以菜刀破壞得不成原形。關於這一點，S只一味向律師重複「不知道」和「不記得」等詞語。

S被判無期徒刑。當時的刑法有「殺害尊親屬」的條文，明定「殺害自己或配偶之直系尊親屬者，處死刑或無期徒刑」，所以S的刑罰是兩者之一。考慮到S僅十八歲，法官沒選擇死刑算是妥當的判決吧。如今，這項條文已從刑法中刪除。雖說是殺害尊親屬，不過案件背後畢竟有種種情由，其中亦有不得不酌量判刑的例子，因此這條刑法已在平成七年（一九九五）加以修訂。

於是，S入獄服起沒有終點的徒刑。那椅腳上的留言，想必是在這時候刻的。

父は屍　母は大（父為屍　母為大）
我が妹よ（我妹啊）
後悔はない（我不後悔）

撿回一命的嬰兒，也就是S留言的對象「妹妹」，由Y子娘家收養。

服刑第五年的昭和四十五年冬天，S在獄中自殺。他選在深夜看守人手較少的時段，將內衣掛在鐵格子上纏住脖子，自縊身亡。

我抓起腳邊的背包，確認裡面的觸感。圓圓硬硬的、椅子的腳，刻在上面的三句話是S的遺言嗎？S是趁獄監不注意，在誰也不會看到的地方留下遺書，然後上吊自殺的嗎？

不知哪個小孩突然打噴嚏。有個男人說了什麼，女人輕聲笑著。

（三）

我在郡山轉乘火車到會津若松，再搭公車前往湯湖村。在公車站下車時，不知不覺已變天，天空有點陰陰的。我訝異著空氣竟然如此冰冷，走進看似蕭索倦怠的風景中。

附近似乎有畜舍，糞味刺鼻。這片土地的景致明明很開闊，卻莫名給人一種封閉的印象。路旁栗樹枝椏伸展，已冒出新芽，但或許是天色暗沉的緣故，像頭頂有無數骷髏伸長手。一個瘦削的老公公在一尊尊骷髏的腰際時隱時現，不曉得在忙什麼。只見他一手拿著商店皺巴巴的塑膠袋，每走幾步就彎下腰，似乎在摘採冒出地面的野菜。栗樹林更深處，有個老婆婆望著他，胸前睡著以小毛毯緊裹全身的嬰兒。

他們會不會知道一些S那件案子的內幕？

我往栗子樹林走去。老公公一臉生氣的表情，可能天生就是這副尊容吧。我一靠近，他便皺起眉頭，神色益發嚴峻。

「抱歉，請問您聽過一個叫S的人犯下的案子嗎？」

老公公似乎不明白我的話，一語不發地伸長脖子瞪著我。我簡要說明四十三年前發生在村裡的命案，但老公公仍是無言以對。

「……您不清楚嗎？」

我低頭行禮，剛要邁步離開時，老公公總算開口：

「因為我們才住在這裡十年，我們是從相馬來的。相馬就是靠海那邊。目前搬到附近投靠兒子。」

乍看沉默寡言的老公公竟意外饒舌。大概是有點感冒，他講到一半會滋滋有聲地吸鼻涕，然後以食指搓人中，看看指側是否沾上東西，再往長褲一抹。

「只是，我們原本就對那個什麼……電視新聞之類的沒興趣。」

語畢，他又重複同樣的動作。吸鼻涕，搓人中，看手指，抹褲子。

「可是，聽你這麼一提倒有點印象。欸，是不是？喂！」

老公公特地喚老婆婆過來，把我的話轉述一遍，但老婆婆也毫無所悉。我獲得的情報，僅有附近一帶或許發生過這樣的案子而已。

「不好意思，圖書館在哪裡？」

一問之下，老公公不知道，不過老婆婆知道。這裡到圖書館的距離，硬要走也是走得到。我向兩人道謝，離開栗子樹林，朝老婆婆胖胖的手指示的方向前進。

低垂的雲彷彿快壓扁風景，一隻瘦得肋骨突出、掉了毛的狗，邊走邊嗅聞地面。

圖書館沒我想像中遠，也較我想像中大許多。寬敞漂亮的空間裡，擺著一排又一排的書架。只是，同樣幾乎不見人影。

我不是來調查S的案子。就算要查，多半也挖不出比網路上更多的資料。我的目的，是希望能更深入了解Y子的娘家，那戶因買賣會津牛致富的人家。既然是代代傳承的望族，或許村史中會有線索。

「噢，賓果。」

不出所料，在題為《圖表湯湖村史》的厚重書裡就有□□家的記載。除此之外，書中並未舉出其他靠仲介會津牛成名的人家，所以這應該是Y子家沒錯。昭和四十年代的大事記那頁也寫著S的案子，但沒提及與□□家的關係。

我翻找館內的電話簿，姓□□的僅有一戶。我向櫃檯借便條紙和原子筆，抄下住址和電話，順便抄下計程車行的聯絡方式，隨即離開圖書館。我以手機叫車，對方表示十分鐘左右會到。

搞不好，我並非不成材的笨蛋，我不禁這麼想。坦白說，我非常興奮，運動服領口邊緣的肌膚彷彿陣陣發熱。勇氣、行動力，及開拓前進道路的判斷力。祖母和父母若看見此刻的我，一定會十分驚喜。就像小學時我拿耗費兩天、用免洗筷做成的來福槍現寶，他們一定會帶著「這孩子有出息」的神情，互相點頭。妹妹也一定會像幼時那般，再次露出惹人憐愛的撒嬌表情。幫她打開緊蓋的果醬後，她雖不曾道謝，但會以那樣的眼神望著我。她總抱怨班上男生又笨又討厭，經常窩在我房間。要是把向朋友學來的十圓硬幣魔術教給她，她就在我旁邊反覆練習。原本我的所見所聞比妹妹豐富，不過她漸漸追上我，然後趕過我。起初，妹妹似乎感到很高興，指著院子的昆蟲雜草，得意地介紹這是什麼、那是什麼，我也以她為傲。那時候，妹妹還會笑，而不單單是揚起嘴角。

不久，計程車抵達。我告訴司機要去哪戶人家，還沒聽完住址，他便心領神會地發車。

「怎麼，帥哥，你是他們的親戚嗎？」

「啊……嗯，算是。」

我隨口應付。

年近五十的司機相當健談，開車奔馳在鄉下道路上，還頻頻向我搭話。

「那棟房子好大啊。我剛被派到這邊的分行，第一次看到的時候，簡直嚇壞我。你也曉得，厚重的石牆繞了那個家一整圈。」

「嗯，繞了一整圈。」

是這樣嗎？

「根本就是會出現在電影裡的房子，真是嚇壞我。啊，我好像一直被嚇壞。呃，小帥哥是哪邊的親戚？那戶人家女兒的外甥？」

女兒……難道是指S的妹妹？

案發後，撿回一命的S的妹妹據說被□□家領養。她至今仍住在那裡嗎？殺紅眼的S無論如何都無法殘害的妹妹，服刑的S在椅腳上留言的對象。

「唔，算是。」

我含糊地點頭。

「啊，是嗎？對嘛，你們長得很像。」

司機壓根沒仔細看我的面貌就這麼說。

「我沒載過她，但經過的時候，好幾次從門口瞧見她。那一家的女兒實在漂亮。說是女兒，可是也已不年輕。喏，都能當小帥哥的阿姨了。」

「呃，對，感覺挺漂亮的。」

S的妹妹如今應該是四十三歲。她是哪種類型的人？

「腳那樣，是天生的嗎？不好意思，問這種事。」

「腳……」

「總坐著輪椅不是嗎？」

我支吾其詞。司機以為自己失言，瞄了照後鏡一眼，尷尬地閉上嘴。

輪椅，原來S的妹妹不良於行？那是天生的，還是S加害襁褓中的她時受到的傷害？不，沒這回事。依據網路上搜索到的報導，S雖勒住妹妹的脖子想殺她，但她安然無恙，此外沒提及其他外傷。

沒多久，灰色風景的盡頭便出現司機形容的房舍。馬路旁，威武的石牆筆直延伸，石牆上方接著白土牆，松枝從牆後探出頭。石牆、土牆和松枝，無不飽吸晚霞密布的天光，發出橙色光芒。

我步下計程車，望進宏偉的黑色大門之間，夕陽下的庭院簡直能立刻拿來做成明信片。我按捺湧上胸口的亢奮，用力深呼吸。

S的妹妹究竟在不在？我就要見到她了嗎？她看到我帶來的椅腳，會有什麼反應？畢竟那是S的遺書，寫給妹妹的遺書。

我隔著背包確認那封遺書的觸感，邊按下門柱上的對講機，約十五秒後，傳出一名中年女子的話聲：

「請問是哪位？」

「抱歉突然打擾。那個……我是來送這東西到府上的。」

我不曉得該如何解釋，姑且先這麼說。沒想到，女子回答門沒鎖，要我進去。於是，我依言踩上踏石，走向氣派的正面玄關。快抵達時，鑲著方形毛玻璃的門由內側打開。露面的微胖女子穿著樸素的夏威夷式灰色長洋裝，只不過腰際綁著白圍裙。她一見到我便瞇起眼，似乎很驚訝，還單手拿著一個小小的物品。那是印章嗎？看樣子，她誤以為我是宅配員之類的。

我報出S的名字，含糊地表明來意：其實我是碰巧發現疑似S留下的文句，覺得送還比較好。不料，女子豐腴的臉頰微微抽搐，從下到上打量我全身。她的眼皮特別厚，像是眼睛上掛著兩個歐式蛋捲。她緩緩眨眼，終於出聲。

「能請你稍等一下嗎？我是在這裡幫忙的，無法做主。」

最後，她再次打量我全身便返回走廊深處，沒發出半點腳步聲。某房間的拉門開了又關。由門縫窺見的屋內景象，該說是意外嗎，感覺沒怎麼收拾。傳單、車鑰匙、除草劑的箱子等散亂在鞋櫃上，走廊一頭堆著舊報紙，地上隨意放著寫有營造商名稱的工具箱。——**營造商**。

此時，剛才的女子現身。

「請你回去。」

我不由得「咦」一聲，直盯著對方。

「主人吩咐這種事情一概婉拒。」

「這種事情？」

「就是採訪什麼的，總之，凡是關於那件案子的全部謝絕。」

看來他們完全誤會了。這幫傭的女子究竟是如何傳達的？我不禁心生焦躁，但仍慎重回答：

「我要轉交S先生的留言，是府上千金的哥哥在牢裡寫下的留言，我碰巧發現……」

對方打斷我的話：

「主人交代，不管有任何理由，都請你回去。」

既然來到這裡，怎麼可能說走就走。

「為什麼？請再轉達一次，我是從東京來的。我偶然在矯正機構產品上、平常從外表看不到的地方，找到S先生用雕刻刀刻的留言。由於是寫給他妹妹的，我也不明白其中的含意。不過，我想她本人或許看得懂，才……」

令人驚訝的是，我還沒講完，她就抓著門把拉上。我雙手攀住要關起的門，女子露出一絲緊張的神色。自以為是電視螢幕裡的名偵探的我，因劇情不斷脫稿而不知所措，只顧著不停重複：

「就在這裡，我帶來那份留言，請S先生的妹妹……」

「不可能的。」

女子以宣告終極閉門羹般的語氣說：

「反正……她也看不懂。」

然後門就猛地關上。我在手指差點被夾到的前一秒放開，一股氣流撞上鼻尖，內側傳來上鎖聲。

我只能呆立在門前。我特地跑到這裡，還把神祕留言送上門，怎麼會這樣？

我慢吞吞地右轉，踩著一路鋪到大門的踏石前進。途中，身後響起奇妙的聲音，像同時發出「嗚」和「啊」般，拖得很長。那是個女聲。回過頭，只見一樓走廊的窗簾微開一道縫隙，露出一張蒼白瘦削的女子面孔。眨眼間，女子九十度轉身，那張臉消失在簾縫中，她所坐的輪椅也隨之消失，接著便出現推輪椅的年長女子背影，但我還沒會意，一切已恢復平靜。

那就是S的妹妹、四十三年前慘案的生還者？剛才的聲音是從她嘴裡發出的嗎？

我下定決心，不查明案情真相絕不回去。

沒問題，我有辦法，還有另一個該造訪的地方。最先發現S家異狀的那個泥水匠，據說是經常出入□□家的營造商繼承人。而我剛才瞥見工具箱上的商號，若是同一間，只要循址找去，或許就能見到他。

我步出大門，按下手機的重撥鍵，請計程車行重新派車。等待之際，夜幕急速迫近，抹去四周的景色。背後的門燈點亮。我突然興起，在燈下取出背包裡的椅腳，再次檢視斷面。我不斷變換角度，觀察得非常仔細。看著看著，驀地發現一件事。

「原來……不是『大』？」

（四）

小營造商店門前的水泥地，有個身穿骯髒工作服、滿頭白髮的老先生在掃地，神情鬱鬱寡歡。我一走近，他便停下手望著我。我先為突然造訪表達歉意，而後問道：

「老闆在嗎？」

數秒之間，對方瞇起眼，半開的嘴裡呼出一口無力的氣息。

「沒什麼老闆不老闆的……這裡除了我，沒有別人。」

聽見這句話，我的心狂跳不已。**命案的第一發現者，小營造商的繼承人，當時年近三十的泥水匠**。

「我剛剛到□□家打擾過，看見寫著貴寶號的工具箱放在玄關。」

「噢，今明兩天，我要去那邊修門框。」

老先生一副「這有什麼不對」的神情，直視著我。他的個子雖小，但半白的眉毛很粗，鼻子也很挺，年輕時想必相當英俊。

「那戶人家以前就是您的顧客嗎？」

「是啊，從上一代便十分關照我們。」

「四十三年前也是嗎？」

老先生並未回答，反倒滿臉緊繃，眼神也變得像在看廚餘一樣。他的態度讓我一驚，肋骨內側的心臟猛震了下。

「莫非您就是……」

「年輕人，雖然不曉得你是誰，」老先生語調平板地打斷我，「但我什麼都不會透露的。」

老先生再次低頭掃起地。果然不出所料，顯然我亂槍打鳥，好死不死正中紅心。儘管有些難以置信，但似乎沒錯。他就是四十三年前慘案的第一發現者，打破起居室窗戶制止S自殺的人。

「有件東西想請您看一下。」

要是像剛才那樣吃閉門羹可就沒戲唱，因此我開門見山，從背包裡取出椅腳。我激動得呼吸急促，指尖微微發抖。

「這是S先生服刑時刻下的留言，今天早上我碰巧發現的。」

老先生以驚人的速度回頭，略略垂下目光盯著椅腳。我遞出椅腳，老先生一手接過，緊抿著嘴注視斷面。讀至某處，他瞬間嘶地一聲，短短抽了口氣。但他像是不願被我發現，刻意清痰般咳幾聲。

「父為……屍……母為……大。」

好一會兒，老先生瞪也似地注視著那些文句將近三十秒，不，大概有一分鐘。他喉嚨深處隱約傳出羽蟲振翅般的呼吸聲，最後不耐煩地吐出鼻息，帶著不解的神情把椅腳推給我。

「只是隨便亂塗鴉。」

然而，我沒接下。

「那個字不是『大』。」

老先生以「不然是什麼」的眼神睇著我。

「上面寫的是，『犬』。」

這是方才在□□家門前發現的。變換各種角度觀察椅腳斷面時，我瞧見先前沒能看到的東西。「大」的右上方有一點。由於椅子久經使用，斷面承受人體的重量而磨損，致使那一點不易看清。

犬，**母は犬**（**母為犬**）。

話雖如此，那個「犬」字代表什麼，我仍一頭霧水。

老先生俯視手中的椅腳許久。天花板垂下的燈泡亮光照在他身上，讓他看起來像棵古早以前就生長在那裡的樹。終於，老先生頭也不抬地說：

「這個……能給我嗎？」

我猶豫一下，還是點頭答應。於是，老先生也向我頷首。我想像起老先生道完謝，開口解釋留言寓意的那一刻。豈知，情況發展卻出乎我的意料。

「可以請你回去了嗎？」

老先生背對著我繼續道。

「勞你特地跑這一趟，真抱歉。」

「咦，請等一下。」

未免太過分，我怎能就這樣回去。就算趕我，我也不走，我不要。

「這段留言究竟有何用意？『父為屍、母為犬』暗指什麼？我發現的到底是什麼？」

「你弄明白……也不能怎樣啊。」

比起嗓音，那更像是喉嚨深處響起的話。這老先生知道，他肯定知道我找到的留言的涵義。

「老先生，您是S家命案的關係人吧。我上網查過，您是那椿慘案的第一發現者。」

回應我的，是洩了氣似的鼻息。老先生半背對著我，緩緩撫摸椅腳斷面。瘦骨嶙峋的手背上浮現繩子般的靜脈。

「剛剛提過，我才造訪□□家。我看到S先生的妹妹。她便是在四十三年前的命案中生還的妹妹吧？她很瘦，坐著輪椅……」

「她腦袋裡……有壞東西。」

老先生突然應道。

「那是天生的，真可憐。她從小就是那副模樣。」

我不禁語塞。原來S的妹妹天生腦部有缺陷？

「或許那孩子背負了一切。」

老先生的語氣疲憊至極。

「背負……背負什麼？」

我問，但老先生沒抬頭。即使如此，他仍細聲答覆。

「犬的罪啊。」

犬的罪。

犬。母為犬。

我朝老先生的背影走近一步。

「請告訴我。請您務必告訴我，究竟怎麼回事？我認為這是命運，我的命運。」

「命運？」

老先生略略轉過頭，神情恍若聽到陌生詞語般困惑。我想不出別的辦法，只好吐露最真實的心聲。

「是的。今天早上，我碰巧和家裡的椅子一起翻倒，就像德式翻摔一樣。我在脫落的椅腳上發現一則留言。這張S先生服刑時製作的椅子引起我的注意，我上網查得許多資料，然後獨自前來這裡。雖然不曉得該怎麼解釋，可是我覺得非弄明白不可。假如不查清楚S先生犯下的案子，就不能回去。」

老先生大概無法理解我的心情。這也難怪，連我都搞不太懂自己。儘管如此，老先生終究開了口。至於是我詞不達意的懇求打動他，抑或是他一心想打發我走，就不得而知了。

老先生的說明並不長。不，那其實根本稱不上說明，只是片斷而模糊的話語。

「那是因為啊，小夥子，那個人……」

老先生突然轉向我。

「那個人做出狗才會有的行為。」

他像勉強扭動堅硬物般牽起雙頰，然後撼動肺葉似地上半身不斷抽動，無聲笑著。唯有化膿般的一對瞳眸，不帶絲毫笑意地望著我，眼角淌出黏濁的淚水。剎那間，背景消失，老先生宛若單獨被剪下一樣站在我面前。

「從她結婚的時候……我就發現……只有我發現……她的目的……」

他彷彿刻意壓抑情緒，氣音很重。

「目的？」

當下，我腦海驀地浮現網站上的一句話：**S是出名的男美子**。下一秒，腦中某處嗡嗡作響。我緊盯著老先生單手握住的椅腳，一個字、一個字仔細看。

父は屍　母は犬（父為屍　母為犬）

我が妹よ（我妹啊）

後悔はない（我不後悔）

第二行的「妹」右半字形有點不一樣，不是原本的「未」，一豎的最下端微微勾起，且上面那一橫的右邊有條斜線連到中心部分。這是為什麼？為什麼這個字會變成那樣？我只想得出一個答案。S刻完後，心念一轉，改成「妹」。重新思索，當初看到這行便感到不太對勁。「我妹啊」的叫法，總覺得有些不自然。喊「妹妹啊」不就好了嗎？那麼，原先刻的是哪個字？「妹」的底下寫著什麼？懷抱這樣的想法重新檢視，答案很快出現——「子」。最先刻的是「子」。子，**我が子（我兒）**。

父親的再婚對象生下嬰兒，S稱之為「我兒」。

父為屍，母為犬。

屍的意思，難道不是指毫無意見？難道不是指**明知一切**卻保持緘默的父親？由於沒有工作，得仰賴新妻子過活，父親不發一語。不，或許不止經濟上的考量。對，還有身體。生理也是原因之一吧？S的父親遭逢鍋爐意外下半身受傷，莫非已失去男性的本能，甚至是顯而易見的程度？**所以，S才會破壞部分遺體，避免案發後父親身上的缺陷曝光**。否則將招致何種後果？**他並非嬰兒生父的事實就會浮上檯面**。

對，嬰兒是S的女兒。犬之家，即野獸之家。

打一開始，Y子就是覬覦年輕俊美的S，才和他父親結婚。她看上S的身體，而且非常清楚，即使丈夫察覺也什麼都不敢說。

S究竟懷著怎樣的心情，與父親的結婚對象發生關係？從「母為犬」一句，看得出S是被迫的，可以想見他有多痛苦、多煩惱。對方是和親生父親結婚的人，S不願意也是理所當然。但S無法拒絕，因為還有生活要顧。拒絕的話，他、祖母和父親三人便要流落街頭。

之後，繼母懷孕，生下的嬰兒帶著可憐的腦部殘障來到世上。在S眼裡，那想必是與狗發生關係誕生的生命印記吧，他的心終於崩潰。先前腦海中不斷累積的小小坍塌，在四十三年前冬天的某個早上，引發一次巨大的崩潰，讓他徹底失去理智。

S殺死形同狗的母親，殺死形同屍體的父親。根據警方的調查，S最先對祖母下手。高齡的祖母，身體虛弱的祖母。S大概是不願養育他長大的祖母，目睹自己即將描繪的煉獄吧。

「她……厭倦我……」

老先生單邊下眼瞼顫抖著，目光猶如覆上一層薄膜般空虛，自言自語似地喃喃低語。每吐出一個字，氣力彷彿就漸漸流失。

原來如此。

Y子出嫁前，老先生與她有過男女關係。在他出入她娘家的時候。

「她會嫁給那樣的人，我簡直不敢相信……但是，一看到那個兒子，我馬上明白。他長得……真的很漂亮……」

老先生早就知道Y子偏好年輕男子。

「那是以前的事……很久很久以前……」

話講到一半，老先生微弱的目光轉向我。

「忘了吧。」

然後，他輕輕拿起椅腳，問我能不能燒掉。我回答沒關係。

（五）

回程搭的新幹線，是倒數第二班車。

車廂內仍多是攜家帶眷的乘客。我把額頭貼在玻璃窗上，凝望幽暗的景色。

得知繼母懷孕時，S是怎樣的心情？儘管為兩人的關係煩惱、痛苦，但她肚子裡懷的畢竟是自己的小孩，不免會感到一絲喜悅吧？心中某處藏著那份喜悅，豈料，生下的小孩居然腦部有缺陷，S不禁認為這是不祥的印記……所以，S才會發瘋嗎？

真相不明。

如今，真相已無從知曉。

唯一能確定的是，他們是不幸到極點的人。

四十三年前，恐怖的野獸咬破S的肋膜飛出。然而，那不是什麼稀奇的野獸。無論以前或現在，每個人心中都棲息著這樣一隻野獸。野獸躲在人們心底，平時像胎兒般蜷縮著身子棲息，不會成長，靜靜等候生命走到盡頭。只是，偶爾會有名為不幸的飼餌掉到嘴邊，野獸於是猛然睜眼，張口啃噬，啃、啃、啃，直到渾身長滿黑毛，得到四足站立的力量。如同四十三年前S內心經歷的異變。

鼻腔深處隱隱刺痛，眼前的夜色逐漸模糊。

S應該重新來過的。對，**應該要重新來過**。在失去理智前、在毀掉一切前、在造成無可挽回的局面前，應該面對家人的。因為，或許還有救。不，總會有救的。雖無法殲滅野獸，至少能遏止牠的成長。S當然難以擁有幸福的結局，但結果應該會遠比現況樂觀。

我忍不住感慨，自身的問題是多麼渺小，多麼微不足道。升學、考試、自卑感，為這類事情煩惱的自己是多麼無聊啊。其實，在真正的意義上，我的確是個沒用的人。

腦袋感受著電車的搖晃，我不停地想著家人。

走進房間，打開燈，把空無一物的背包往地板一扔，便感覺身邊微幅的空氣流動。轉頭的同時，白色翅膀翩然飛落我肩頭。

奇妙的是，竟是那隻白粉蝶。今天早上從天花板俯看我，搧動翅膀催促我行動的白粉蝶，慫恿我的白粉蝶。我房門沒關就離開，牠卻一直待在這裡？是在等我回來嗎？

我輕輕伸出右手，以指尖夾住停在左肩上的白粉蝶翅膀。輕輕一拉，白粉蝶毫不抵抗，順從地被我夾起，小小的黑眸望著我。我們對視一會兒，白粉蝶的嘴捲成一圈圈的形狀，偶爾微微顫動，像在向我傾吐祕密。

我用左手捏扁白粉蝶柔軟的身軀。攤開手心一瞧，還有一隻腳在抽搐，所以我又扔到地上，隔著襪子踩踏。由於牠太小、太無力，腳底甚至沒任何觸感。

今天早上，我在白粉蝶的勸誘下走出房間，一心以為在網路上得知的S這個人物，及他犯下的案件，對自己有什麼命中注定的重大意義。

然而，那是錯覺。

根本沒有意義。

應該重來，應該面對家人。這是我經歷漫長的一天後找到的結論。但是，這毫無價值。對我而言，不過是空口白話。

我低頭盯著地板。眼前是離開房間前脫下的沾滿血跡的運動服和牛仔褲，缺少一腳的椅子就倒在旁邊。視線直接往上，看得到垂下燈罩的塑膠繩，為防止斷裂，還重疊了三條。

沒有地方能讓我重新來過，沒有家人能讓我面對。祖母的脖子回不去割開前的狀態，爸爸胸前的眾多刺傷不會消失，媽媽不成形的喉嚨也不可能恢復呼吸，妹妹支離破碎的頭顱更是回天乏術。

一樓的電視又傳來笑聲。無聲的吼叫、野獸的吼叫，從我體內像無數根針般刺向胸口和喉嚨。我坐在地上，雙手環住膝蓋，把頭埋進去。

(!)

宵狐

自我逃也似地離開這座小鎮，已過二十年。難怪夕陽餘輝中，放眼望去全是陌生的建築。

由於今天有秋季祭典，通往W稻荷神社的商店街人潮擁擠，熱鬧滾滾。浴衣、小孩的嬉笑聲、酒行推到店頭的生啤酒機及狐狸面具，長長的頂蓋下瀰漫著雀躍的氣氛。對了，以前也沒有這種頂蓋。我上住宿制高中的那個年代，商店街上頭總是一片乾涸的天空。

看看表，短針正逼近數字六。從背包取出吃飯的傢伙——相機，我稍微加快腳步。這次奉命採訪的傳統藝能「宵狐」，六點鐘即將在W稻荷神社內舉行。明知如此，我仍把抵達時間抓得很緊，直到最後一刻才從東京出發，就是因為我不敢在這地方待太久。

我害怕夜晚的空氣。

我害怕看到神轎。

而我最害怕的，是經過神轎倉。

要是遇到那時的同學怎麼辦？笑著互拍彼此的肩就行嗎？當年高中的學生來

自各地，至今還留在這片土地的想必沒幾個。可是，我卻由衷感到不安，唯恐碰見那些人。

……………………

我隱約察覺一道視線，不禁停下腳步。

混在人群中，我慢慢轉頭向右。

有個女人隔著舶來品店的玻璃看著我。她筆直注視著這邊，嘴唇緊閉，眼神空洞，表情像極那個人。二十年前，被我壓在神轎倉冰冷地板上的那個人。我把瘋狂的獸性釋放在那個人體內。

我與舶來品店的假人四目相望，僵立原地。我全身緊繃，喉嚨深處不覺發出一絲呻吟。冰冷的記憶之手爬上我胸口，濕淋淋的指頭企圖攫取我的心臟。以假人的臉為中心，周圍的景色一點一點、一點一點地泛白消失。她尖銳的慘叫如冷水般倏然灌進雙耳，我不成聲地大喊。

設計那件事的不是我。

不是我。

不是我。

「**就是你了**。」

那時候，昏暗的鍋爐室一角，名叫S的同班同學說道。至今我仍記得，他抽到一半的香菸發出小小熔岩般紅熾的光。

我們一夥四人各自蹲坐在鋪著紙箱的水泥地上。晚餐後像這樣聚在宿舍的鍋爐室，促膝讓好幾根菸化為灰，邊低聲耍流氓、罵髒話是我們的日課。由於會透出光線，不能開天花板的燈，但老師和舍監不會進來，加上排煙的抽風機二十四小時運轉，這裡是偷抽菸的絕佳場所。

「我嗎？」

我把視線從S身上移開，伸手掏向便服口袋。我故意慢慢拿出七星的盒子，抽出一根，才面向他。只見他仍望著我。

「其實誰動手都無所謂，只是好像沒看你做過什麼大事。」

S沒說錯，我曉得其餘兩個同學也在昏暗中微微點頭。

以試膽為名，我們不時在學校或宿舍幹些小小壞事，比如在餐廳焚放煙霧、將氫氧化鈉溶液倒進校園水池、在直立式鋼琴的鍵盤蓋內側釘蜈蚣等。主謀大多是S，他不會暴力逼迫，也不會拿把柄威脅，卻奇妙地掌握住我們一夥人的心。「有種恐怖的感覺」，是我們對他的共同印象。我幾乎沒看過S的神色發生變化，他白皙的臉總是面無表情，教人不禁以為他和雞腿肉一樣沒體溫。

「對象你可以自己找，女子部的也無所謂。」

S語調平板地說，其他朋友在幽暗中表示異議。

「女子部的不太妙吧？找校內的太危險。」

S默默讓香菸前端發紅一會兒，終於在吐煙時低語「沒關係」。

「在暗處幹就好，只要他……」

S又看我一眼。

「他不被認出來就行。」

隨機挑一個女的性侵，便是這次我們想出來的試膽。只不過，那時還沒有人用性侵這種說法，我們以更下流、更自我的字眼指稱同樣的行為。

當然，這絕對不是「小小壞事」。這和把餐廳搞成一片雪白、毒死鯉魚、聽著音樂老師的尖叫大笑，嚴重程度截然不同。若是現在，想都不用想就能做出判斷。但是，半年後便要高中畢業、強忍呵欠過著以考大學為重心的生活，十幾歲的我們感覺不出中間巨大的差異。

我把玩手裡的香菸，半晌後點頭答應，接著繼續和同伴交談一陣。

「在哪裡找女人？」

「能辦事的地方吧。」

「有沒有適當的？」

「我想想。」

「來計畫一下吧。」

「什麼時候動手？」

我已經想不起哪句話是誰說的。但我還記得，提出在兩週後的秋季祭典當晚行動的，是我自己。

「祭典那天的門禁會延到十點吧？在外面待久一點，也比較容易找女人。」

「地點呢？」

「神轎倉如何？」

擺放祭典用的神轎的倉庫，位於穿流市中心的大河旁，好似悄悄隱身垂柳葉後般，矗立在安靜的土堤上。剛進高中時，同學間還煞有介事地流傳那四方形的小建築是流氓的彈藥庫。但等高一的秋天見識過第一場祭典，就曉得是收納神轎的倉庫。然後，我們看準平常無人出入，趁高二快升高三之際，大膽破壞鎖，闖進裡面。從此，每到下午的自由時間，神轎倉便代替鍋爐室，成為我們的聚會場所。或許是離開倉庫後，我們都會把鎖掛在鐵門門閂上做個樣子，鎮公所的職員始終沒發現入口已遭破壞。

「不用說，準備這次祭典的時候，公所的人就會發現鎖的事。不過，肯定會等祭典結束後才換新，所以……」

「所以，祭典晚上那地方還是沒人管？入口會一直敞開，占位子的神轎也不在。」

「對。何況，你們看嘛，這樣神轎倉附近不就沒半個人？」

秋日祭典當天，由於主角W稻荷神社在河對岸，那邊的土堤上會有一整排攤販。我們幾乎沒見過神轎倉這邊的土堤有人走動。

聽完我的提案，S思索片刻。我直盯著他把菸拿到嘴旁，足足五秒間，那根菸的前端持續發出血紅的火光。

「好，就神轎倉吧。」

S點點頭，吐出煙。

翌日，下午的課一上完，我們便到神轎倉抽菸兼探勘場地。雙斜屋頂上停著的大烏鴉眼角餘光掃到逐漸靠近的我們，S碰觸鎖的那一剎那，牠忽然凶暴地瞪大眼。我們四人一個緊接著一個迅速穿過入口，把鐵門照原樣關上時，依稀聽見沉重的拍翅聲逐漸遠去。

S在腰際打開筆型手電筒。這倒稀奇，平常我們習慣不開燈，在沒有窗戶的空間裡，享受著視力逐漸適應黑暗的感覺，一面哈菸。

「今天最好不要抽。」

S提醒我們，然後憑藉筆型手電筒的光，一一拾起滿地散亂的菸蒂，放進自備的塑膠袋。

「距離祭典只剩二週，算算時間，公所職員或許會來確認神轎的情形。到時候若是還滿地菸蒂可不妙。」

S說，假如他們發現有入侵的跡象，在祭典當天派人看守倉庫，計畫便無法執行。我們紛紛點頭，著手幫忙回收菸蒂。

我蹲在地上撿垃圾，陷入黯淡的心情。其實，我選擇神轎倉為做案地點，就是巴不得發生S剛才描述的狀況。依我推想，公所職員發現地上的菸蒂後，祭典當晚應該會加強防範而派人看守。那麼，我就不必幹壞事，就能故意抱怨、深深嘆氣，一臉不爽地對S他們說「運氣真差」。

但是，我的期待落空。十分鐘後，仔細清理過的神轎倉地上，一根菸蒂都不剩。

「這樣就萬無一失啦。」

S滿意地抬起頭，面向蓋著棉布的神轎。他指尖拎起灰撲撲的棉布一角，座臺上的大神轎露出一部分，粗壯的朱漆柱子在筆型手電筒的照明下浮現。柱子上刻有攀升的龍，那駭人的瞳眸怒視著我。我不由得轉移視線，以大字型躺在地上的大狐狸躍入眼簾。那是縫合小米袋製成的人形物，臉部戴著老舊的狐狸面具，體型和成人差不多。

「這東西去年就放在倉庫了。」

S低聲說。

「大概是備用的吧？」

我隨口答道。

依鎮上的風俗，祭典時會將米袋做成的狐狸放進神轎，抬到W稻荷神社，供奉給稻荷神，稱為「獻狐」。狐狸都是以裝有當年新米的米袋縫製，所以現下擺在這裡的應該是備份吧。髒髒的手腳癱在地上的模樣，讓我聯想到兩週後即將碰面的陌生女子。

「當天我們不會進來，你辦事沒什麼好看的。」

「那你們會待在哪裡？」

得知S沒打算監視，我心中再次泛起希望，或許能順利瞞過去。祭典當晚，隨便找地方殺時間，再捏造一套英勇事蹟告訴S他們就好。

豈料，S卻神經質地把神轎的布恢復原狀，答道：

「我們就躲在旁邊的土堤下，看你拉女人進去和出來。」

秋季祭典終於來臨，當晚我們照約定先在黑暗的土堤集合。然後，我留下S等三人，獨自走過附近的橋，前往攤販羅列的熱鬧對岸。

W稻荷神社的「宵狐」正進行到高潮。超過十公尺的兩根青竹上，全身白色裝束的兩名年輕人分別戴著公狐與母狐的面具，表演著危險的特技。只要他們展現特別驚險的動作，落後一拍後，四周便會響起盛大的歡呼。我雙手插在學生褲的口袋裡，靜靜穿越其間，右手腕上掛著向攤販買的塑膠狐狸面具。真要實行計畫時，我準備戴上，以免暴露長相。而且，由於不能讓對方看到我一身學生制服，我在白襯衫外套上一件又髒又舊的工作服。那是我事前從神轎倉附近的建築工地偷來的。

搞不好，這件工作服的主人會碰巧在人群中看見我而前來質問，視情況或許還會揍我一頓，如此我就不得不放棄實行計畫的念頭。我怯懦的心仍在尋求逃避之道。

我忽然停下腳步。

視線前方有一名少女。

少女穿著蝴蝶圖案的紅浴衣，遠離人群之外，百無聊賴地站在神社一角。我肋骨內側的心臟怦怦作響，耳朵彷佛能聽見心跳聲。少女驀地抬起頭，我立刻移開視線，仰望「宵狐」的演員。然而，在我轉移目光前——也在她望見我的眼眸前，我已將她可愛的臉蛋一覽無遺。她鼻子很挺，有雙大眼睛，外表雖然成熟，但應該才十四、五歲吧。齊肩的黑髮、正紅色的腰帶，及襯托裸足的同色木屐帶，清清楚楚地烙印在我腦海。我凝睇著青竹上使出渾身解數的白衣狐狸，察覺自己的雙腿冷得發抖。將那名少女壓倒在神轎倉的地上，鼻尖嗅聞柔軟的馨香，我的軀體撥開少女纖細的雙腿，手掌粗暴地按住她想呼救的嘴……猛然回神，我的視線已重返少女身上。

她並未注意到這邊，也沒觀賞「宵狐」的特技，只任由秋夜晚風吹拂髮絲，一直盯著腳尖。她在看什麼？她在想什麼？不久，她忽然抬起頭，望向右方。一個身穿橙色浴衣的同齡女孩笑著走近。少女天真無邪地報以微笑，兩人快活地交談幾句，便一同離開神社，消失在攤販林立的街道上。

我滿身大汗。

辦不到，我暗想。

我辦不到。

辦不到。

學校裡無聊的授課，與宿舍餐廳盛牛肉燉飯的阿姨，不知為何讓我感到無比懷念、無比遙遠。我不要做這種事，我好害怕。

我飛也似地離開神社，推開人群，掠過一家又一家攤販。四周的嘈雜喧鬧愈來愈模糊，逐漸凝聚成一串單純的聲音。在我心中，那不是鼎沸的人聲，反倒更接近一片寂靜。

向等在土堤的那三人吐實吧！明白告訴他們我辦不到，坦誠我無論如何都下不了手。沒必要撒謊，虛張聲勢根本沒意義。這一天，我初次領悟到有條不能跨越的線。

然而，至今我依然深深感慨，多麼希望人類的感情能如此單純。知曉有道不能跨越的線，於是及時煞車，沒幹下壞事。我多麼希望這般順理成章、潔身自好的童話，那一夜真能發生。

不能跨越的線。那一道線，對剛滿十八歲的我而言，具有另一種意義。返回幽暗對岸的途中，我明確意識到，隨著每一秒過去，方才在神社內興起的幻想，正於汗濕的蒼白腹部最深處蠢蠢欲動。我實在遏抑不住這股騷動，即使努力不去憶起、即使努力遺忘，依舊無能為力。將少女纖細的軀體壓在身下，柔嫩的香氣、微弱的悲鳴，這些非分之想，像一大群黑色小蟲在我心中無聲擴散，不久便密密麻麻爬滿整個表面。儘管如此，無處可去的黑蟲仍繼續增殖，終於咬破一層薄膜，從內側一湧而出。

我在橋的前方驟然停下腳步。

耳朵深處，血管汩汩作響。

視野亦隨之一明一滅。

祭典的喧囂在身後遠處，四周人影全無。

除卻唯一走在我眼前的藍色浴衣背影。

那是女人。一道女人細瘦的背影正朝黑暗前進，輕微的木屐聲緩緩過橋。不要到那邊，我在心中呼喊。不能單獨過去，**不能走在我前面**。妳要前往何方？橋對岸什麼也沒有，連行人都沒有，只有那座不吉利的神轎倉。女人並未停步，略垂著頭徐徐向前。她不曉得，背後有個流著瘋狂鮮血的小夥子已睜大雙眼。

她一頭長髮、身形纖瘦，年紀似乎比我大，但仍十分年輕。

我很快地回過頭。沒有人，**沒有人在看**。

體內的黑蟲群起張開翅膀。彷若雪花干擾的電視音量一口氣轉大，蟲子的沙沙擦翅聲震耳欲聾。我咬牙奔跑，沉聲低吼著奔跑，邊以掛在右腕的狐狸面具罩住臉，透過兩個細小的孔，女子穿著浴衣的身影迅速變大。等她察覺逼近的腳步聲，猛一回頭，那驚愕的表情已然在我眼前。她欲大叫的紅唇遭我使勁捂住，她想逃走的一雙細腿，迫於我的蠻力在柏油路上拖行。她脆弱的骨頭，在我懷中嘎嘎擠壓。

神轎倉就在旁邊。我完全不管在漆黑土堤觀望的S他們，只一心一意地將她推進鐵門內。停在屋頂上的烏鴉，發出沉重的拍翅聲飛離。我衝進倉庫。

她被壓在塵埃密布的水泥地上，途中便停止抵抗，腦袋隨著我的動作無力搖晃，猶如玻璃般失去表情的雙眼一味盯著半空，意識飛往別處。即使如此，她仍一心想殺了在肚腹上方不斷抽動的瘋狂男子。月光透進入口的鐵門縫隙，淡淡照著她虛脫的上半身。她左手無名指上，鑲著小寶石的戒指微微發亮。

當晚回到宿舍後，我才曉得一件事。

我在神轎倉裡犯下可怕的罪時，S一夥人沒待在土堤。早在我襲擊女子前，他們就不巧被巡邏的老師發現，帶回宿舍。

我撒了謊，騙他們我辦不到，說因為沒膽量，什麼都沒做。

S他們揚起嘴角，無言地取笑我。

直到畢業前，我們都沒再提起此事。

半年後，我考進東京一所私立大學，畢業便在一家小出版社工作。

於是，二十年過去。

睽違二十年的W稻荷神社裡，「宵狐」即將開始。

我取下相機的鏡頭蓋，繞著層層人群的外圍走，尋找適合攝影的地點。我一心只想盡快完成工作回東京，不久便在人潮中找到一個缺口。於是，我停下腳步，細看取景窗。兩根青竹下方，戴著雄狐與雌狐面具的兩名年輕人配合傳統音樂跳著滑稽的舞蹈。他們總不會是二十年前的表演者，但那些動作和我記憶中一模一樣。接著，兩人在彼此的頭頂拍手，結束在地面的舞蹈，然後各自敏捷地爬上青竹，在頂端展現種種特技。

所謂的「宵狐」（よい狐），擁有「醉狐」與「宵狐」的雙重含意，又與「好」諧音，因此成為這項傳統藝能的代稱。據說，內容是表現稻荷神的使者狐狸醉心於祭典樂曲而開心戲耍的模樣。

拍完照後，我按預定計畫訪問神社的祭司。祭司髮際線倒退的額頭閃著汗光，輕鬆地逐一答覆，告訴我後繼無人、最近找不到優質的青竹而吃盡苦頭等事情。十五分鐘後，我向意猶未盡的祭司告辭，結束訪問。藉著三腳高油燈的亮光，簡單整理筆記便離開神社。

趕快到車站。

趕快回東京。

然後，再也不要重返此地。

匆匆走在擠滿攤販的路上。愈往前，四周的嘈雜喧鬧愈來愈模糊，逐漸凝聚成一串單純的聲音。在我心底，那不是鼎沸的人聲，反倒更接近一片寂靜。

不知何處發出「沙……」的聲響。

我認得那聲響，我記得那聲響。

擦翅聲。

當時的擦翅聲。

景色劇烈搖動，道路左右攤子上的燈光，彷彿遭吸走般突然消失，而後再次亮起，一股強烈的異樣感包圍我。發生什麼事？**現下我四周發生什麼事**？眼前有一名穿黑長褲、套著又髒又舊工作服的年輕男子，在人群中快步前進，右腕上的塑膠狐狸面具不停搖晃。我認得他，我認得他。我曉得，他心底馬上就會響起剛才聽到的凶猛擦翅聲。

我跟著他離開明亮的大路。他走向河畔，在岸邊的人行道右轉。前方有座橋，那是連接黑暗對岸的橋，也是通往神轎倉的橋。

他倏然停下腳步，回望這邊一眼。他似乎沒發現我，但那一刻，我卻清清楚楚地看見他浮現在暗夜中的臉。

是我。

在橋的前方駐足，肩膀不斷起伏喘息的年輕人，是我。

順著他的視線望去，只見一道走在黑暗中的藍色浴衣背影。那是毫無戒心的背影。

我和他同時邁步疾奔。他伸臂抓住女子，手掌捂住女子的嘴，環抱住女子擄走她。女子的木屐粗魯地在地面上拖行，啪躂啪躂的腳步聲伴隨激烈的衣物摩擦聲，朝神轎倉前進。緊接著，鐵門打開，兩具身軀消失其中。雙斜屋頂上，一隻烏鴉發出沉重的拍翅聲飛離。我啞聲叫喊，拖著打結的腳來到神轎倉入口，正想闖進鐵門……

我卻及時煞住。

我實在辦不到。

我無法與自己的瘋狂對峙。

雙膝一跪，兩手著地。鐵門內不斷傳出聲響，一開始相當猛烈，然後間隔愈拉愈長，我親耳聽見自己的罪行。那無可挽回的罪行。

事情就要結束。

接下來，神轎倉裡瞬間響起哀嚎。回過神的女子睜大雙眼，喉嚨深處發出彷彿要撕裂黑暗的尖叫。只是，她的叫聲如同遭美工刀切斷般忽然中斷。不是女子閉上嘴，而是我雙手按住她的喉頭。

我跪在神轎倉旁，緊緊塞住耳朵。

我不想再聽到二十年前她臨死之際的聲音。

不久，「我」發瘋似地奔出神轎倉，看也不看這裡一眼便急忙衝進漆黑的土堤底下，大叫著在與人齊高的草叢中亂竄，尋找那三人。我想向S他們坦承失手鑄成的大錯，向他們求救。我殺了人，我殺了人，我殺了人。我嘴裡不斷重複這句話，可是他們不在那邊。他們抽菸被老師逮到，在宿舍關禁閉。

我無力跪倒地面，注視著下邊。「我」獨自在草叢中抱著頭，未幾便昂然抬頭，往右跑去。目標是鄰近的建築工地，「我」想起偷工作服的地方有搬運建材的單輪手推車和鏟子。「我」很快會帶著那些東西返回，然後拿大塊棉布包裹她的屍體，放上手推車，運下土堤，在遠處的河流上游附近挖個深穴埋入。拿來包覆她的棉布，就是平常蓋住神轎的那塊布。

我起身打開冰涼的神轎倉鐵門，在背後微弱的月光照耀下，滿是塵埃的地面映入眼簾。只見棉布攤開，正中央突起一個人形。我踏進倉庫，戰戰兢兢拉起布的一角。她已不再動彈，再過兩小時，這副軀體便會埋在冰冷的地底。

我覷著她的臉。她雙眼緊閉，毫無表情。我第一次這樣仔細觀察她的遺容。二十年前，拖著手推車和鏟子返回的我，在鐵門隔絕的黑暗中，完全沒看她，只顧包起她的身體，未再解開棉布檢查便直接丟進洞內掩埋。

……………………

就在我眼前，她毫無血色的雙頰抽動一下。

我放開手中的布，迅速後退。

再次攤落地面的布下方傳出咳嗽聲。劇烈的咳嗽與痛苦的作嘔聲相繼而來，我不敢動彈，屏住氣息蹲在牆角。

原來她還活著？

原來當時她還活著？

她挺起上半身，翻開覆蓋的布，在混凝土地上無聲爬行。痙攣般的呼吸一次接著一次，她拚命朝透著月光的出口前進。

原來如此。

我恍若全身融化在地。

原來我沒殺人。

那時，我並未殺死她。

「太好了……」

我不由自主地出聲，她猝然轉過頭。我離開牆角向前，溫柔地笑著靠近她。

「我以為妳死……」

淒厲的慘叫打斷我的話。她一站直便露出狂亂的眼神，以驚人的力道撞向我胸口。伴隨「咚」地一陣衝擊，空氣驟然震出肺部，我的身體往後飛，後腦猛烈撞擊牆壁，雙腿彷彿瞬間消失。我渾身虛脫，踉蹌跌倒。

「不是的……我……」

我試圖站起卻無法如願，上身東倒西歪、眼前一片天旋地轉，終於支撐不住，撲倒在地。我使勁抬頭，卻吐不出半句話。滿腦嗡嗡耳鳴，眼前的景物逐漸融入黑暗，緩緩淡出。

「不是的……」

我最後看到的畫面，是雙目圓睜、鼻翼顫抖，喃喃著聽不懂的話語，把棉布扔到我身上的她。下一秒，我感到後腦遭她雙手擊打，一次，又一次。

然後，我便墜入毫無知覺的漆黑中。

在持續的微幅震動中，我意識模糊地睜開眼。

視野仍舊一片黑暗，但並非視力未恢復。依觸感及嗅覺判斷，我曉得自己被包裹在那塊布裡移動。

身體使不上力，連聲音都發不出。

不久，我被丟到地上，挖土聲隨即響起。意識恍惚中，我聽著這聲音好長一段時間。

是嗎？

原來是這麼回事。

原來，當時我埋了我。

揮鏟聲毫不間斷。未幾，包著布的我被粗暴地翻到一側。有那麼一瞬，身體彷若從空中落下，立刻又撞向一個堅硬的地方。上方再度傳來挖掘聲，泥土灑在我身上。

或許這樣也好。

總覺得，很像在做夢。

我無視緊咬內臟般的罪惡感苟活二十年。我想逃走，想消失。雖然弄清當初沒殺人，但等同殺人的那個罪行並不會從我心中抹去。

這樣就好。

一片漆黑中，我閉上眼睛。壓迫感益發強烈，呼吸愈來愈困難，手腳完全無法動彈，揮鏟聲也愈來愈遠。終於，我什麼都聽不見。

最後一絲意識消逝前，我忽然想到：

現下動手掩埋我的，真的是我嗎？

拿著鏟子往我身上蓋土的，真的是我嗎？

莫非，他是繼承我灌注在她體內的瘋狂之血的青年？被壓制在神轎倉地上的她，左手戴著訂婚戒指。莫非，她清醒後，將那晚的經歷深藏心底出嫁，在無法表明遭強暴懷孕的情形下，生下孩子——生下男孩？而二十年後的今天，男孩內心的癲狂在秋季祭典中爆發？莫非，祭典之夜，與父親長得一模一樣的他，在一模一樣的地方，犯下一模一樣的罪？

有這種可能嗎？有這種萬一嗎？果真如此……

二十年前的那一晚，**我埋進土裡的究竟是什麼**？

一切已不重要。

不管怎樣，我殺死我的事實，都沒有改變。

黑暗中，當時她那對玻璃般的瞳眸，忽然望向我。而後，她嘴角像狐狸面具般彎起，看著我無聲一笑。

遠遠地，傳來烏鴉的拍翅聲。

(!) 盒中字

那恰是中元假期剛結束的時候。

中午方過，公寓的門鈴響起。我把構思一半的短篇原稿直接攤在桌上，走向玄關。我寫到某鄉下小鎮的河邊，挖出米袋製成的神祕狐狸。雖然事件本身離奇有趣，但我壓根想不出這種東西埋在河邊的理由，正與列印的紙稿乾瞪眼。我下到玄關，一開門，先前幾乎聽不見的油蟬叫聲，音量驟然放大。一名青年站在門口，猶如背負這驟然放大的鳴叫。我尚未看清他的長相，他便猛地朝我深深鞠躬。

「對、對不起！」

青年就這樣定在原地。他的身形分明白皙細瘦，靜止的力道卻強勁驚人。只見他髮絲凌亂的後腦朝著我，雙手抓住破牛仔褲的膝頭，一動也不動。

「先生，我完全不明白是怎麼回事。」

我也只能這麼說。我真的不曉得青年為何道歉？他對我造成什麼損害嗎？暫且不提這些，他究竟是哪來的不速之客？我還沒瞧清他的面貌，他就低頭行禮，以至於我連有沒有見過他都無從判斷。

「抱、抱歉，造成您的困擾。我向您賠罪。」

「先生，我還是不……」

「我、我就是犯人。」

青年嚴重結巴著，昂然抬起頭。果真是個陌生人。他穿著髒兮兮的牛仔褲及皺巴巴的灰T恤，個子雖然比我高上十公分，但年紀大概小我十歲，恐怕不到二十五歲，否則就是外表比實際年輕的二十七、八歲。斜視的臉龐有種說不出的散漫。

「犯人？什麼犯人？」

我一問，青年似乎相當意外，微微睜大頗具特色的雙眼。

「兩、兩、兩個月前的，那件事。」

「那件事？」

「偷、偷東西。」

我愈聽愈迷糊。家裡從沒遭過小偷，至少當下我如此認為。

陽光越過青年的肩膀，曬得我皺起眉頭，心中一陣莫名其妙。青年看到我的反應，彷彿確定了什麼，嘴角拉緊，上半身略略往後。

「你是不是沒……」

他突然吞下講到一半的話，眸中閃過為去留遲疑的神色。

「沒？」

我催促道，青年下定決心般微微低頭，接著說：

「你是不是沒發現？」

「我？發現什麼？」

「撲滿不見了。」

「咦，不會吧。」

總算搞清狀況，我連忙折回書房，抬頭檢視書桌旁的書架上方。但我唯一的「撲滿」橘子果醬空瓶，安安穩穩地擺在原位。我拿下就近細看，瓶內的東西似乎沒少，共有三張千圓鈔，零錢很多，且一如往常大半是十圓硬幣。

我抱著果醬空瓶返回玄關，青年正以袖子神經質地抹下巴。我不想接近會曬到太陽的地方，便在脫鞋處停下，將果醬空瓶遞向他。

「有啊，好好的在這兒。」

「不，呃，不是那個。是放在有書、書桌的房間的、櫃、櫃、櫃子裡的，這個。」

青年從我這角度看不到的地方，取出一只有提把的白紙袋，然後小心翼翼拿出一尊約疊起兩枚拳頭大的陶製招財貓。

「裡裡裡面的東西我完全沒碰。我怕得要命，不敢動這些錢。真的。這這這個直接還給你。」

青年把招財貓交給我，呻吟般地說「對、對、對不起」，再次鞠躬。我彷彿看見冷氣不斷從敞開的門散去。

「但，這不是我的啊。」

青年倏然抬起頭，「咦」地一聲脖子前傾，畏怯的視線在我和招財貓之間游移。

「可是，我、我是從這裡偷走的。兩個月前的半夜，我、我、我一時鬼迷心竅，進去行竊。」

「你一定弄錯了，我從沒看過這種東西。」

「那、麼，是不是家中其他人……」

「不是，因為我一個人住。」

我們同時閉嘴，視線落在招財貓上。那是尊著色精巧的陌生招財貓，雖然雙目圓睜，但由於眼角畫有皺紋，乍看像在微笑。後頸部分有個扁平的孔，應該是撲滿沒錯。我把空果醬瓶放在地上，捧起招財貓上下輕輕搖動。沒有任何聲響，大概是空的。不，有細微的聲音，似乎是紙張。

「會是鈔票嗎？」

我瞄青年一眼。他畏縮地後退，沒說不知道，僅搖搖頭。

「剛剛提過，我完、完全沒碰。不過，這真的不是○○先生的東西嗎？」

青年講出我的本名。基於某些原因，我的門口名牌和信箱，都只掛上這個姓氏。

「不是啊。你會不會跑到別戶？比如隔壁之類的。」

我目光望向左方。由於我住的是一樓邊間，鄰居只有那家。不料，青年猛搖頭。

「絕、絕對不會，確實是這裡。因因因為是邊間，不可能記錯。」

「那就是別棟公寓的邊間嘍。」

說完，我心想這也不太對。我從未在附近看過類似的木造公寓。四周不是更現代、外觀便很高級的大廈，就是獨門獨院的房子。

青年神情緊張地盯著我足足十秒。周遭蟬鳴震天價響，益發突顯盛夏的熾熱。終於，籠罩在惶恐中的青年，怯怯開口：

「府上最深處，有有有像書房的房間吧？」

「嗯。」

「大張木頭書桌旁，放、放著很高的書架。架上就擺著那個裝錢的瓶子對不對？」

青年指著我剛才拿來的果醬空瓶。

「對，收在那裡。」

「那麼，絕、絕對沒弄錯，我是從那間房偷的。我先是發現果醬瓶，但裡裡裡頭的錢很少，又好像會叮、叮、叮叮噹噹響，所以我打開壁櫃，找到這個撲滿。」

「在壁櫃哪邊？」

「最、最前面。」

「真的？」

「真的。」

「真的是真的？」

「真真真的。」

「你是從哪裡進來的？」

「地下收納庫，像這樣……」

青年試著重現當時的情況。只是，他的動作雖然誇大，我卻看不出他在做什麼。儘管覺得他有幾分噁心，但我不願意讓冷氣繼續跑出去，於是請他進屋。

「你示範一下，地下收納庫在那裡。」

「好、好的。」

青年一關上門，蟬鳴便隨純白的夏日陽光一同消失。光是如此，涼意就恢復不少。

青年脫下骯髒的球鞋入內，經過短短的走廊，踏進一坪半大的廚房後，便四處張望，由衷感到不可思議般喃喃低語「果然就就就是這裡」。接著，他走近流理臺前的地下收納庫，打開單扇拉門。我上次使用約莫是半年前，搞不好已有一年。我既不做菜，也鮮少打掃整理，平常和廚房的地下收納庫扯不上關係。許久未見的樹脂製四方空間中，只有一瓶古早以前半好玩地自祖母家要來的梅酒。

「咦，倒了。」

梅酒那圓筒形的瓶身橫躺在收納庫底部。

「大概是上次復原收、收納庫時弄倒的。」

「復原？什麼意思？」

「這這這個，可以整個箱子拿起來。」

「哦，是嗎？」

這倒是第一次聽說，我打心底感到吃驚。

當著我的面，青年靜脈浮出的修長雙手抓住收納庫，靈巧地連梅酒瓶一起拆下。形狀猶如小型浴缸的箱子，輕易就被取出。下方裸露出的泥地勾起我的興趣，我拿著招財貓便趴在地上往下看。高約四十公分的狹窄空間裡，地基的短柱整整齊齊豎立，應該能從此處移動到各房間，好比書房及和室。只不過，和鄰居住家之間有混凝土地基牢牢隔絕。

面向外圍的地基上，光線微微透進幾個裝著直向格子的通風口。

「我、我是從那裡進來的，從那個檢查口。」

趴在對面的青年指著的地基某處也像是通風口，不過比其他的大很多。

「那是業者檢查配、配配線和管線的出入口。我、就是拆、拆下格子框，由這個地下收納庫潛入。」

聽他這麼解釋，的確，從那道檢查口到我們下方的地上，有人爬行過的痕跡。

「那，你的意思是，兩個月前你不僅拆掉地下收納庫闖進屋內，還自我的書房偷走招財貓才離開？」

「是是是的。我擦掉地板上的泥土，然後把收納庫放回原位。」

「唔……」

原來還能用這種辦法入侵啊。驚訝的同時，我也不禁心生佩服。

「虧你想得出。確實，如此就能避開旁人耳目。」

「這這這是優點。」

「若從靠馬路的陽臺窗戶潛進屋內，可能會被巡邏的警察發現。這一帶，一到晚上便有警車來來去去。」

「咦，這樣啊？」

「對呀。因為去年及前年，這附近都發生過命案。」

兩起案子皆為偶發。被害人是不曾與人結怨的中年上班族和大學生，兇手使用的都是小型利器，至今仍未破案。

「我、我完全不曉得這件事。」

「是嘛……」

的確，這名青年不像對報紙和新聞節目有興趣的樣子。

話說回來，儘管青年的解釋大致合理，無奈我對這隻招財貓一點印象也沒有。然而，他卻聲稱是從我書房的櫃子裡偷走的。

我啪啪輕拍著招財貓的臉頰提議：

「總之，我們打開瞧瞧吧。撲滿中似乎放著鈔票，要是有好幾張就平分，只有一張就給你。」

「不、不、不必了。」

我沒搭理痙攣般搖著頭的青年，逕自翻起招財貓底部，摳下封住取錢口的紅貼紙，探頭一看。

「奇怪，這不是錢。」

「咦，那那那是什麼？」

青年湊過來。

「好像是字條。」

我把招財貓的洞朝下，試著搖晃幾次。最後，招財貓一聲不響地排出一張對折兩遍的便條紙。打開一看，眼熟的三個小字在正中央組成一行「很遺憾」。

我的思緒瞬間停止，心臟怦怦作響，腹部深處緊縮，腦海浮現那些文字，填滿稿紙的那些異常整潔的文字……

「請你離開。」

我終於開口。

「請問？」

「你走。」

彷彿被我的語氣推了一把，青年連忙站起，雙手抓住卸下的收納庫想歸回原位。

「沒關係，快走。」

「噢，好。」

青年中途停手，拱著背步向玄關。他慌慌張張地穿鞋，邊回頭問：

「你、你會報警……」

「不會，你走。快走。」

青年從門口離開。

留有十字折痕的字條占據視野中心，我根本無法動彈。是他，聲音湧上腹部，但並未爬出喉嚨，只一次又一次地在我體內迴響。是他，是他，是他。

兩年前的梅雨時節，連續下了好幾天雨的某個傍晚，我的高中同學S同時失去妻子與獨生女。事發當時，S在公司上班。那是樁發生在山邊國道的單獨事故，開車的妻子和前座的女兒，上半身都被隧道入口的混凝土壓扁，當場死亡。

從那時候起，S總共來過我這裡三次。

第一次是辦完他妻女的頭七後，一個星期天的傍晚。S突然來訪，令我有些措手不及。因為自高中畢業，我們之間便幾乎沒有足以稱為交流的交流。S是向別的朋友打聽到我家住址的。

「我很好奇立志成為作家的朋友過著怎樣的生活。」

當時，我尚未出書，一面兼差大樓清潔工，一面努力躋身作家之列，真的非常拚命。

S十分開朗。我猜他多半是怕被失去家人的悲傷吞沒，刻意裝出開朗的樣子，因此我不敢提車禍的事。S說想喝酒，我便到附近的酒行買發泡酒和燒酒回來。對飲時，S始終顯得很愉快，我卻極為注意話題的選擇，所以喝得不怎麼盡興。最後，S留宿了一夜。

S第二次出現在門口，恰巧與上次相隔一週。那是個下雨的午後，他沒撐傘，白襯衫、長褲和鞋子全濕透，滿臉鬍子也沒刮，眼神明顯怪異。怎麼個怪異法我無法形容，總之不是平常的眼神。S腋下夾著的超市塑膠袋內，放著四方形的東西。他問能否打擾一下，我只好讓他進屋。S在起居室一屁股坐下，隨即以髒手帕用力擦頭抹臉。他前後搖晃著上身倏然哼起歌，音量大得嚇人，彷彿忘記那是我家，而我就在旁邊。只見他不時無意識地抓抓腋下。

「哎，又來了。喂？」

忽然間，S從褲袋拿出手機，一臉不耐地貼在耳畔。

「哦，嗯。今天？這個嘛，可能會稍微晚一些。妳也曉得，部長很煩人。我知道。嗯？我知道啦。」

S把手機收進口袋，露出苦笑。

「女兒生日，老婆吵著要我早點回去。」

「這樣啊，原來如此。」

他的精神已失常。

S的手機沒響，螢幕也沒發光，不提別的，折疊接合的地方幾乎扯斷一半，突出好幾根細電線。很明顯地，那手機根本不能用。

S又拿起手帕使勁擦臉，大聲哼歌放屁。我只能盤坐著，手足無措地搓揉膝蓋凝望他。

「上次說不出口，其實我有東西想請你看看。」

S拿起他扔在地上的塑膠袋，取出一個A4大小的牛皮紙袋。正面什麼都沒寫，背面則記有他的姓名和住址，紙袋裡裝著好幾百張稿紙。

「我學你嘗試創作，雖然是推理小說。」

S把那疊稿紙推過來。儘管提不起興致，我仍伸手接下。格子裡爬滿異常工整的文字。小小、小小的字，一個個活像裝在盒內，整整齊齊地排列。我彷彿能看見S帶著鴿子般的眼神，逐一填滿格子的模樣。我隨意瀏覽過第一頁，次頁起便讀得很慎重，然後大為驚異。

「以你的眼光判斷，怎麼樣？投稿出版社有沒有機會？我這個平常不讀書的人，自覺挺不錯的。」

S湊過來，吐息聲近在我耳邊。我沒應聲，全心讀著原稿，不知不覺連S在身旁也遺忘。不知經過多久，我一口氣把故事看到一半時，才總算想起他的存在，驀地抬起頭。

「我拿去給編輯瞧瞧，這點門路我還有。」

謊話很自然地脫口而出，沒想到我演技這麼好。我根本沒有門路，否則早就善加利用。

「倘若反應不錯，我再跟你聯絡。不過，勸你還是別抱太高的期望。」

我裝得面有難色，過意不去地看著S。見到我的態度，S像漏氣的球般緩緩吐氣，嚴重的口臭撲鼻而來。我們相對無言，不久，S說著「我老婆和女兒很囉嗦」便打道回府。

S離開後，我取過原稿聚精會神地重讀，愈讀愈詫異。好厲害，好驚人的才能。這部小說的主角是個上班族，由於妻兒在一場交通事故中喪命，他誓言向撞人逃逸的車主復仇。追查嫌犯的過程中，他與某社會巨惡交手，而招財貓處處以關鍵線索的形式出現，尚未下標題。

幾天後，我為這篇故事添上題目，以非常筆名的筆名投稿某出版社的新人獎。

那就是我的出道作品。

盯著「很遺憾」這三個小字，我用盡全力壓抑情緒。兩年前以作家出道，除了親戚我沒告訴別人，我擔心消息傳進S耳裡。基於同樣的理由，門牌和信箱上沒掛上筆名，也拜託出版社不要公開我的本名。雖然考慮過乾脆搬走，但兩個原因讓我選擇留下。一是放不下那可愛的保險業務，不過這還好辦。另外就是，萬一哪天S看到那本書，我非在這裡不可。屆時，他恐怕會先衝來找我，要是見不到我，他一定會直接聯絡出版社揭露內幕。為防止這種情形發生，我必須待在這裡。

「原來當時是這麼回事……」

現下想想，S第三次上門就是因為看了我的書。兩個月前，沒錯，在整整兩個月前。

梅雨當頭的那一晚，S突然失魂落魄地出現在玄關前。他瘦得像皮包骨，渾身汗味與尿騷味，未經修剪整理的頭髮和鬍子淋得濕漉漉。露出T恤的兩隻手，活像兩塊咖啡色的布，無力垂掛在左右兩側。他無視急著找話題的我，一語不發地進屋後，便一屁股坐在起居室的地上。他喉嚨深處彷彿有小發條不停轉動，呼吸中摻雜細微雜音，不時抬起渾濁的雙眼看我，似乎有話要說。然而，他始終沒開口。在發瘋的——或者幾近發瘋的朋友面前，我只能發呆。不管是向他搭話、泡茶還是拿毛巾給他，他都毫無反應。他整整待了三個半鐘頭，直到他無言起身、再次步入雨中，途中我只去一次廁所。他將招財貓塞進書房的櫃子，以這種迂迴的手法告發我，一定是在那期間。此外，找不出任何可能的時間點。

我坐在起居室地上，交互看著字條和倒臥一旁的招財貓，一面思索。我焦躁得背上幾乎起火，每過一秒鐘，內心的不安就逐漸升高。S打算向出版社揭穿我出道作品的祕密嗎？肯定沒錯。怎麼挽救？該怎麼做才好？**怎麼辦**？我一度打算置之不理，但這樣實在太危險，等問題擴大到無計可施的地步就太遲了。S儘管是那種狀態，不過應該還有聯絡出版社爆料的腦筋吧。我想過，且想了又想，然後……覺得要想這件事太麻煩。

這是我的壞習慣。

「只能滅口。」

我低喃著起身走進書房，從書桌右下方的抽屜抽出A4大小的牛皮紙袋。二年前S裝稿紙的那個紙袋背面寫有地址，他還住在那邊嗎？

我拿著紙袋步向玄關，又驀地停住。我忘記一樣重要物品，於是折回書房，從活動櫃中一只塞滿文具的抽屜抓出那東西，放進褲袋。

紙袋上寫的地址有幢雙層髒公寓，看起來比我的住處更廉價，其中一個信箱列出S和他妻女的名字。確定四周無人後，我從戶外梯上樓，按下位於二樓的S家門鈴，可是沒得到回應。我抓住門把輕輕轉動，門隨即打開。窗戶似乎全關著，密閉的室內空氣渾濁，充斥著熱氣、濕氣與東西腐敗的臭味。短短走廊的盡頭是鋪著榻榻米的起居室，看得見他面向木製矮桌而坐的背影。我喊聲「喂」，他卻沒反應。他盤腿而坐，恍若唱著無聲之歌，身體前後搖晃。房間完全沒整理，幾個黑塑膠袋扔在牆角。我脫掉鞋子，右手插著口袋，朝他背後走去。一步，一步，一步……在距離一公尺的地方，他突然回過頭。我的心臟像被猛地揑住，不由得停下腳步。

「果、果然是真、真的！」

竟是那名青年。

他雙膝高跪，彈也似地轉向我，把抓在右手中的一疊白紙推過來。

「我哥哥兩、兩、兩個兩個兩個月前自殺，已已已經不在人世。哥哥死後，我在這裡發現原稿的影本。內、內、內容和我以前碰巧看過的、你的小說一模一樣，我我我大吃一驚。」

「所以……你懷疑我？」

我忍不住插嘴，青年點點頭。

「我、我、我想，要是直接問你，你一定會唬弄我，才選擇那種方式觀、觀、觀察你的反應。便便便條只寫三個字，是擔心你看出不是哥哥的筆跡。然、然後，刻意在公寓地板下製造有人潛入的痕跡，是考量到你好、好好歹是推理作家。」

「你的意思是，因為寫推理小說，我生性多疑……？」

「對對對。不過，沒、沒想到你如此單純，就這、這樣上勾。」

語畢，青年笑得全身發抖。

「寄爆料信不是比較快？」

「那就不、不、不好玩啦。」

「覺得不好玩，是嘛？噢，這件事還有其他人知道嗎？」

青年微微搖頭。

「是嗎？太好了。」

我剛要從褲袋抽出右手，他立即開口制止。

「想想想殺我是沒用的。別小看我，一對一打架，我可是非常有把握。就、就算斷掉一隻手，依舊能揍昏你。慢、慢慢伸出口袋裡的手，慢慢地！」

按照他的要求，我緩緩抽出右手。青年以烏賊般的眼神瞪著我手中的東西，拉緊鬆馳的嘴角。

「那、那、那條手帕是幹嘛的？」

「這是你哥哥的。」

我遞出藍手帕。

「他以前去我家忘記帶走，我洗好收起來，打算下次見面還他。兩個月前他上門時的模樣太讓我吃驚，也就錯失物歸原主的機會。」

青年不住交互看著我和手帕，力道猛得我不禁憂心那纖細的脖子會扭斷。他雙眼瞪得老大，幾乎露出整個黑瞳。

「雖然很難啟齒……可是，你被你哥哥的妄想耍了。」

青年停下動作。

「兩年前，他突然到我家過夜。我在天快亮時起床，發現他專注地看著我的小說。那是我印出來潤飾的原稿，也就是之後成為我出道作的故事。我覺得很不好意思，於是假裝不知情，隻字未提。豈料，一星期後，他在稿紙上寫下一模一樣的內容，拿到我家。他似乎真以為那是自己寫的。」

青年的表情抽動一下，嘴裡念念有詞，但我聽不清楚。

「最讓我驚訝的是，他並未帶走原稿。換句話說，不過一個晚上，他就把幾百張稿紙的文字全背起來。當然，一些細微的形容多少有點不同。即使如此，仍非常厲害，我認為是驚人的才能。若好好運用，或許可從事什麼特別的工作，只是現下說這些都已太遲。」

「那麼……你、你……」

「我來這裡，是覺得不能放任他繼續妄想。我怕再這樣下去，要是他跑到出版社胡言亂語，會造成一些不利於我的傳聞。」

面對啞然的青年，我嘆氣道：

「這種事，你還是不知道比較好……」

我和青年走在暮色漸深的小巷，氣氛融洽地前往墓地致意。由於我不清楚S葬在哪裡，青年為我帶路。那是個被茅蜩叫聲與草叢熱氣包圍的寧靜墓地。空無一人的小徑上，中元期間才清洗過的花岡岩碑石表面反射斜陽，非常耀眼。

在刻著S姓氏的墓前，我們並肩合掌。

「對對對了，哥、哥哥的手帕，要不要現在還他？就、就在墓前獻給他。」

青年伸手遮擋西斜的陽光，羞赧卻高興地提議。雖然才認識一天，但我認為他當時在夕陽下的臉龐最為迷人。

「哦，好啊。」

我也露出笑容，右手從口袋掏出手帕。一個不小心，口袋裡的折疊小刀掉落地面。我沒多解釋，只緩緩彎腰撿起。微一抬頭，青年以天生斜視的眼睛緊盯著我，彷彿察覺什麼般驟然變色，雙眸睜得好大，大到令人以為他是不是眼球忽然膨脹。我一站起身，隨即抓著利刃猛力刺向青年的胸口。青年嘴裡發出咻咻咻怪聲，我一轉動刀柄，便又混入冒泡的雜音。以刀子為中心，青年襯衫胸前浮現形似北海道的血跡，在我的注視下，南端陸地不斷向南、向南再向南延伸。然後，宛若要蓋住長長的襟裳岬，青年往前撲倒。他在墓碑旁像蚯蚓般扭動，身軀不斷伸縮，而後掙扎愈來愈微弱，不久便在無聲失禁中完全靜止。我蹲下拔出他胸口的刀子，只見他的雙眼渾濁猶如蒙上一層薄膜。生命消逝的瞬間，瞳眸會首先發生變化。軀體尚有餘溫時，靈魂之窗就會變成這樣，毫無例外。

不知不覺中，連茅蜩叫聲也消失。墓碑上停著一隻烏鴉，定定望向此處，一和我四目相交便轉身移開視線。對了，以前刺死上班族和大學生的時候，周遭似乎也有烏鴉，該不會是同一隻吧……總覺得那眼神很熟悉。不過，鳥有所謂的眼神嗎？儘管有「以鳥的目光」來看事物的說法（喻高瞻遠矚，縱觀全局），但鳥的瞳眸會有表情嗎？

無論如何，情況變得十分迂迴曲折，且連對象都意外更換。不過，總之還是完成了滅口的計畫。

拿手帕仔細擦拭刀子後，我一面收進口袋一面想，也許該感謝這名青年。多虧他告訴我外人竟能如此輕易從地板爬進家裡，以前大費周章掀起和室的榻榻米、鋸開地板埋在底下的那個可愛保險業務員——我第一個殺的人，必須早點挖出來處理掉才行。

我留下青年的屍體，重返S的公寓。收拾影印的稿紙，以手帕乾淨的部分擦拭門把和門鈴後，回到住處。

第二天，早報刊載了一名青年在墓地遇刺身亡的消息。我在餐桌旁啃著吐司閱讀內容，不由得心生疑惑。

死去的青年和S不同姓氏。

之後，我從電視新聞中得知青年的經歷。他來自北海道，高中畢業便進入東京一所戲劇學校，卻中途退學，不斷四處闖空門維生。

出身北海道……我憶起青年胸口浮現的那塊鮮紅北海道。

不過，這究竟怎麼回事？S的故鄉並非北海道。

我放心不下，於是打電話給高中時代的朋友，詢問S是否有弟弟。

「弟弟？沒有啊。」

我假裝不經意地提起S自殺的事，對方吃驚地表示從未聽說。

「S自殺？什麼時候？」

「不，我不是這個意思。你也曉得，他精神狀態怪怪的，我怕他會想不開，忽然擔心起來。」

我隨口敷衍便結束通話。

經過好幾天，我仍不停思索。難得我這麼拚命思考，終究還是想不出個結論。

謎底直到一週前才揭曉。

我看到一則新聞，報導在Ｓ的公寓發現裝著屍塊的黑塑膠袋。他似乎是上吊自殺後遭到分屍，並放進袋裡棄置。動手的自然是那個青年，絕對沒錯，我當下領悟。但總不能通報警方，所以我決定保持緘默。

參加Ｓ的告別式時，我趁機向Ｓ的叔叔探聽他們的家墓所在。

「位在相當麻煩的地方哪。從這邊過去，要搭ＪＲ國鐵轉私鐵……」

他告訴我的位址，不是青年帶我去的那片墓地。我們合掌而拜的墳墓，看來只是碰巧和Ｓ同姓。青年大概是隨便找的吧。

情況恐怕是這樣：青年闖空門時，偶然發現Ｓ上吊自殺，接著瞥見影印的稿紙，發覺內容與我的小說相同。我的名字之類的事，一定寫在Ｓ的遺書裡吧。於是，青年假扮Ｓ的弟弟，精心設計這圈套告發我……

不過，到頭來他究竟所求為何？

「那就不、不、不好玩啦。」

那名青年也感覺到始終纏繞全身的這片混沌的重量嗎？他也感覺到這種如向

陽的水般，溫溫熱熱的濁滯嗎？

一定是的。

莫名地，每次照鏡子都覺得倒映的不是我而是他，彷彿會與他的視線遇個正著。我毫無理由地這麼認定，此後便不敢在洗臉臺前抬頭，無論如何，再也不敢照鏡子了。

(!)
冬之鬼

一月八日

遠遠傳來鬼的腳步聲。
悄聲呢喃著我不想聽的話。
不，不是的。那是不可能的。

一月七日

今天前往S告訴我的神社，把達摩扔進凍都壓的火中。我對這座小鎮還一無所知，但每個居民的神情都十分悠閒溫和。家家戶戶用來裝飾的門松和破魔箭、達摩（註）和護身符，都在紅豔豔的火中啪嘁啪嘁地爆裂、燃燒著。瘦巴巴的年輕巫女以這把火烤年糕，並分給聚集在此的群眾。身旁的老先生叮囑我，先許願祈求無病無災，再吃下年糕。

我把達摩放進火中時，老先生說：

「小姐，妳的願望實現了嗎？」

語畢，他綻開笑容。

我也報以微笑，點點頭。

是的，我的願望在七天前實現。

願望實現後便要燒掉達摩，這一點無論是在我生活多年的東京，還是九州西端的此地都一樣。

「左右兩邊都有眼睛嗎？」

老先生問我。

「假如只畫一只眼睛，達摩會回不去西方淨土而留在煙裡喔。」

註：即不倒翁，日本多以紙糊，並繪成達摩師祖的模樣，因而得名。風習爲將眼珠部分留白，當願望實現時，再爲達摩點睛。

我回答這是第一次聽說，老先生便發出摩擦般的笑聲，愉快露出黃板牙。

我不經意地仰望天際。

煙霧直上的月空非常深邃，一隻小鳥飛過，不知為何，心恍若瞬間淨空。我不禁感到，美好的一年即將開始。孩子們似乎在後方說笑，邊笑邊跑，活力十足的嬉鬧聲漸漸遠去，最後消失。

離開神社之際，一名大約與我同齡的男子直往這邊看。自懂事以來，父母親友就不住稱讚我很美，多虧如此，我對四周的視線比較遲鈍。但是，像對方這樣肆無忌憚，再怎麼遲鈍也會發覺。我停下腳步，稍稍掃過視線，他便若無其事地轉移目光。

我重新邁出腳步，踩著碎石的木屐聲十分輕盈，在乾燥的空氣中彷彿會無止境地傳送出去，相當有冬天的味道。不曉得何方的狗汪汪叫著，筆直得宛如凍結般的松葉，在透明的天空下搖曳。

一路上，我時而哼歌，時而以木屐踩碎霜柱。一回家，打開玻璃上貼著報紙的拉門，S就站在脫鞋進門處微笑迎接我。明明每天都看得到S迷人的笑容，今天卻仍一樣心動。

我和這個人能永遠生活在一起。

一月六日

重讀兩天前的日記，不知為何令我非常想念母親。她十分美麗，照片全被燒毀真是遺憾。母親珍視的三味線撥子、照片、家具，都和她一起葬身火窟。那枚撥子其實應該要留給我的。從很久以前，那便是家族中的女性代代相傳，由女兒交付女兒的。

莫非，撥子的故事是母親編出來的？

母親經常為我講床邊故事。據說，我們的祖先是大阪出名的三味線美女師傅。某天，她產下一個男孩。詳細經過不明，但孩子尚在襁褓中，便送到遙遠的九州。母親提過那發生在弘化二年（一八四五），所以距今已百來年，而男孩便是我的曾曾曾祖父。出養時，男孩握在手裡的就是那枚三味線撥子。

真的嗎？

這是一則動人的故事，可以的話，我希望是真的。

剛才，S在暖桌對面打了個噴嚏。無論做什麼，S總會隨即露出微笑。每當望見他的笑容，我便禁不住開心起來。S的微笑具有這樣的力量，要是他看到自己的微笑，也會感到開心嗎？

就在剛剛，S談起「明天就是凍都壓了」。我一頭霧水地幫他剝橘子，邊發出疑問，原來那是指左義長。不料，這下換S皺眉反問：「什麼是左義長？」元宵當天到神社燒掉正月的飾品和吉祥物，在東京叫「左義長」。我曉得有些地方稱為「燒歲德」，但「凍都壓」還是第一次聽見。

這一帶似乎如此慣稱。

不過，姑且不論名目，都是在十五日元宵舉行，而明天才七日。

我這麼一說，S便補充解釋，九州的凍都壓日期與其他地方不同，多半提早到七日。接著，他又露出微笑繼續道：

「妳小時候和我手牽著手，跟彼此的父母一塊去過。」

遺憾的是，我毫無印象。

住在這片土地上是我幼時的事。難不成是東京的生活如冰冷無味的水，將我內心樸實的回憶沖刷得一乾二淨？

「我想參加明天的凍都壓。」

我開口道。吐出陌生的詞語，肚子裡癢癢的，然而不知為何，卻也像喝下熱茶般心頭暖暖的。

於是，S告訴我舉辦凍都壓的神社所在。我以為在附近，但S的說明意外冗長。依我的腳程，往返恐怕不止一個鐘頭。我怕記不得路，便請S從頭再講一遍，我邊聽邊在日記本後面畫地圖。這些塗鴉，將來也會成為我倆的回憶吧。

一月五日

由於我們毫不饜足地纏綿到透光的紙門明顯變色，所以今天早上也很晚起床，我連忙起灶煮飯。

說起來，當初剛到這個家，S提過有隻烏鴉總會跑到廚房後面翻垃圾，十分惱人。但我從沒看過那隻烏鴉，這是為什麼呢？

味噌湯裡的蘿蔔煮透時，我聽見S的呼喚。我故意躡腳進屋，經由走廊窺探寢室，只見S站在房間正中央，身上還光溜溜的。我不作聲悄悄走近，突然抱住他白皙纖瘦的身體。S哇地一聲，像小狗纏人陪牠玩般，喘息著回抱我。我也忍不住跟著喊叫。

我要和S在這裡過不受任何打擾的生活。

我邊吃早餐邊談起烏鴉的事，S推測是鏡子的關係。或許是我進住的第二天隨手丟在廚房後頭的鏡子，讓烏鴉不願靠近，聽說鳥類討厭閃閃發亮的東西。無論如何，四周不再有烏鴉徘徊頗值得慶幸，我不太喜歡黑色的生物。

一月四日

向晚時分，忙著洗衣服的我，瞥見院子裡因融雪濕透的土壤，在夕陽餘暉下美得猶如紅色河岸。瞬間，我忍不住要喚S來瞧瞧，但馬上甩甩頭，拋開這個想法。

或許是看得太過入神，一個不小心，木屐濺起窪裡的水。身上的和服與洗好的衣服雖然沒事，小腿後側卻濺上稀泥。反正已弄髒，我就順便在外面的灶中添柴燒洗澡水。

我和S在浴槽裡挨著彼此取暖。S做夢般說起我剛到這個家時的情景，語氣充滿懷念，我也懷念地聆聽。但仔細想想，其實相隔並沒有那麼久。我浸在熱水中，扳手指數著。小指頭先彎一次，然後又伸直，恰巧半年。我再次驚訝於時間竟如此短暫。

走出浴槽，我幫S擦洗身體時，他開口道：

「得知妳家工廠失火的剎那，我整顆心差點嚇得慘白。真的，就是那種感覺。」

S標致的額頭刻上一道哀傷的皺紋。

當時，S立刻趕抵東京，很快找到我。父親窮畢生精力經營的工廠付之一炬，毗連的住宅也盡數燒毀。我失去所有家人，無親無故，孤伶伶地不曉得如何是好，是他找到了我。

之後，我才知道，原來起火點是工廠內的社長室。

雖稱為社長室，但父親早不在那房間辦公。由於腦中長出腫瘤，父親手腳無法活動自如，總是靠著傭人的幫忙，在家裡的起居室處理事情。代替父親使用社長室的，是母親和定期來為父親看診的年輕醫師。我很清楚，在工廠休息的星期天和假日，他倆總待在社長室。

連身為女兒的我，都不禁讚嘆母親的美貌。而醫師也是，有張讓女傭忍不住以眼角餘光偷看，嘆息著竊竊私語的英俊臉龐。曾有一次，我趁工廠公休的日子悄悄伏門偷聽，社長室內傳出母親斷斷續續的喘息聲。那時，我這輩子第一次覺得只顧工作、頑固又笨拙，且從來不陪我的父親好可憐。

獲知火源在社長室的當下，我立刻想起醫師總是菸不離手。母親和醫師離開後，社長室總殘留著菸草的苦味。是沒捻熄菸頭，才造成那場火災嗎？意外發生在星期天晚上，一定是和母親窩在社長室的醫師，臨走前沒檢查火燭安全，以致香菸的火星延燒，釀成災禍。

但是，我並未向任何人洩漏醫師和母親的關係。

因火災失去一切後，原本向我求婚的幾名男子態度忽然變得好冷淡，先前明明還滿口愛呀喜歡的。直到那一刻，我才明白他們追求的是什麼。

S就在那時候出現。他告訴我，他也失去所有家人。親友們都成為原子彈的犧牲品。

然後，S邀我回故鄉。

「初次踏進你房間時，我嚇一大跳。」

泡在熱水中，我把玩著手回想。

S帶我參觀的房間，充斥著我的照片。數量真的很多，有幼時和親戚一起在相館裡拍的，也有女校時期的側面照，甚至有在家附近補捉到的背影。S坦承，東京的照片是他每次來時偷拍的，且總放在皮箱裡隨身攜帶。幸虧如此，當這座城鎮遭戰火波及時，唯有S和照片得以保全。

S說他愛我，從小就喜歡我，只喜歡我一人，至今仍喜歡我。於是，我住進這個家。

我帶來賣掉東京的土地所得的現金，及那個達摩。放在我房裡的物品，只有這個達摩逃過那場惡火。左右兩眼都沒畫上黑眼珠的達摩，反而像洞悉一切般盯著我。雖然特地帶來，但那雙空虛的大眼教我害怕，所以到這個家後，我便立刻將達摩收進壁櫃深處。

在東京失去一切的我，對痴情得難以置信的S動了心。只不過，當時我還不認為S有這麼美。自從經歷那場火災，我就無法對任何男人產生那種感覺。

S成為我心中美的化身，是在除夕夜。那晚的事，我終生難忘。

一月三日

傍晚，可能是漿糊已不黏，我發現碗櫃玻璃上貼的報紙脫落一角。重黏時我順手泡了茶，S則聊起很久以前的往事。小時候，我倆曾一起在S家玩捉迷藏。

「我們躲在倉庫裡，妳把收藏的舊和服披在身上給我看。千鳥紋的單衣真適合妳。」

S的祖先來自河內，從他祖父那一代才移居這片土地，因此倉庫保存著許多覆蓋厚厚灰塵的河內綿夾衣和單衣。還是孩子的我，曾拿那些衣物嬉戲，但我一點記憶也沒有。

「如今，我依然看得見當時的妳，清清楚楚。」

S說著，稍稍仰起頭。

「一聽到鬼的腳步聲，妳隨即丟下和服，拉我到衣箱後面。我們屏息等待腳步聲消失，我連妳身上的氣味都記得。那就像曬過太陽的棉被，有種溫暖而哀愁的味道。」

S捧著茶杯，懷念地敘述我毫無印象的往事。

「妳不經意地動了一下，於是我的左小指碰到妳的肩膀。但妳一心只想安靜待著，所以沒發現。妳的體溫從指尖傳來，光是如此，我便覺得彷彿全身赤裸與妳擁抱在一起。」

S坦言，他當時只希望那一刻能持續下去，找我們的鬼永遠不要來。

現下，我也這麼想。

一月二日

我從剛剛就一直愣愣看著自壁櫃取出的達摩。這個半身燒焦的達摩，對我而言是過往唯一的印記。

日復一日，「過往」漸漸淡去。然而，有些「過往」永遠不會離開。我想消除種種過往，扔向遙遠的地方。可是，只要這個達摩在身邊，多半很難辦到。

十五日的元宵，這座小鎮一定會有舉行左義長的神社，我打算帶達摩參加。因為願望實現後，必須燒掉達摩。

或許，唯有這麼做，我們才能真的踏出新的一步。雖然昨天在日記上寫著「重生了」，但其實我們還尚未重生吧。

真希望元宵趕快來臨。

一月一日

新的一年到來，我決定從今天開始寫日記。仔細想想，我從少女時期就有寫日記的習慣，只是自那場大火燒毀全部的日記後，我便不曾在一天結束之際提筆。

昨晚，我們重生了。

重生為嶄新的我們。

S的手術完成得很快。

一週前，我聯絡上以前經常出入家裡的醫師，告訴他我們想動的手術內容，他卻堅持不肯點頭。於是，我暗示知道他與母親的關係，及工廠失火的原因，最後他才勉強答應。昨天除夕，醫生帶著一套醫療器材到家裡。

我們下定決心動手術，起於S的話。

十二月初，S提起我倆周圍飄蕩著一股若有似無的異樣感，並以「白霧般」、「隔著一層薄膜」形容。這些詞語非常貼切，和我的想法如出一轍。只是，之前我一直將那份忐忑深藏心中。

異樣感。我曉得關鍵何在，或許S也心知肚明，但他大概說不出口吧。瀰漫在日常中的霧，與籠罩我們生活的那可恨薄膜的真面目，就是我內心的不安。若S願意成全我的願望，不管是霧或薄膜，肯定馬上一掃而空，所以我好幾次忍不住想開口。但我不敢，始終提不起勇氣。

當S戳破生活中隱藏的不對勁時，我十分猶豫，猶豫了很久。不過，最後我決定將一切交給S。我向S說出唯一的心願。

請你一輩子都不要看我。

請不要看我像達摩般被燒得又醜又爛的臉。

請保證不會丟下我，離我而去。

這個家沒有鏡子。同居的第二天，我就拆下全部的鏡子處理掉，然後為每片玻璃貼舊報紙，好讓我的面孔不會顯現其上，好讓我不會看見和S一塊生活的女人——那個愛著S的女人真正的模樣。

即使如此，家裡仍有最能清楚映出我形影的東西，那就是S的雙眸。倘若是旁人的眼睛，我一點也不在意。但S的瞳眸，對我而言便是鏡子，一面將我的身姿照得格外鮮明的鏡子。

動完手術的S，靜靜與我相對。

決定永遠不看我的S好美，我對S的憐惜油然而生。發生那場火災後，為了找尋我，不遠千里趕到東京的醫院的S。即使我變成這副德性，依然愛我如故的

S。以最真切的方式實現我願望的S。

我請醫師把S的眼球裝進塑膠袋，接著以美工刀割開達摩底部放進去。那個達摩是我過往生活唯一留下的部分，如今以這種方式與曾是S一部分的眼球合而為一。要怎麼處理這尊達摩，我準備用一整晚仔細思索。

我喃喃著「給達摩眼睛，講起來好像冷笑話」，S忍不住朗聲大笑。那是不帶任何陰霾，彷彿能震動天花板、清淨空氣的舒服笑聲。此刻，我才明白原來S先前的笑都不是發自內心。從今以後，我就能聽見S真正的笑聲，也能陪伴他一起歡笑。

賣掉東京的土地入手的錢，只要不鋪張，就算不工作，應該也足夠我們生活。我們要在這裡玩鬼永遠不會來的捉迷藏。

我們的心，並沒有失常。

我把心願告訴S，S也欣然接受，如此而已。於是，我們獲得幸福。唯有這才是確切的、唯一的真實。

我們的心並未失常。

（!）

惡意的臉

「千萬不能告訴任何人喔。」

在沒有暖氣、又冷又小的房間裡，那個人對我這麼說。

隔著骯髒的蕾絲窗簾，外頭有隻大烏鴉以巨大的喙啄破丟在房子與庭院外牆之間的廚餘垃圾袋，偶爾發出渾濁的聲音。

「不能告訴爸媽，當然也不能告訴朋友。」

那張瘦得像骷髏的臉面對著我，再次確認。

「我沒有爸爸。」

「這樣啊。」

「不過，我不會告訴任何人的。請放心。」

她不太相信地盯著我的瞳眸好一會兒。坐在起毛榻榻米上的她，捧著一個扁平布包。深綠色的布嚴密裹住的**東西**，約有教室的桌面那麼大。

「真的嗎？」

「嗯。」

她似乎終於同意。只見她以枯枝般的手指緩緩解開布包，裡面的東西逐漸露出一部分。

「那個……」

我不禁探出上半身。

這真的能幫我嗎？

這到底有什麼用處？

窗外再度傳來渾濁的聲響。

我怎麼會在這種地方？放學的路上，我跑進陌生女人家中。這個人是誰？腿好痛，左腿內側像遭叉子戳刺一樣疼痛。對了，就是因為這個傷，我才會來到這裡。

深綠色的布被輕輕拉到旁邊，其中的東西映入眼簾。那一瞬間，我倏然憶起白天的遭遇。那發生在教室裡，是他，是S……

(一)

我暗暗想著，絕對不能動。

我曉得皮膚正遭嚴重拉扯。露出制服短褲的左腿內側和椅子完全密合，要是不小心一動，我就慘了。我弓著背悄悄嗅聞，味道有些刺鼻——是三秒膠。我的左腿被黏在椅子上。

講臺上，岩槻老師以粉筆敲擊黑板似地寫出「小野妹子」。他才三十出頭，頭頂和後腦就沒一絲毛髮，一面向黑板，光禿禿的部分就暴露在全班眼前。

「世界三大美女是埃及豔后、楊貴妃，還有……」

岩槻老師拿著粉筆驀地轉過身。

「這個小野妹子。」

他確認般掃視我們一圈後，繼續道：

「才怪。」

教室裡緩緩響起汽水冒泡般靜靜的笑聲。

但是，沒有半個同學由衷覺得岩槻老師的笑話有趣。要是不笑，岩槻老師肯定會歇斯底里發作。每遇到那種情況，他脖子以上隨即像換個人般雙眼倒豎、嘴角僵硬上揚，接著便開始顫聲點名坐在前方的學生，突然問起尚未學過的難題。倘若答不出，他就會露出蜥蜴般猙獰的神情要我們罰站。

所以，只要岩槻老師說笑話，我們都會笑。

那時候，三十八個學生中笑得最真的大概是我。因為我絕對不能讓老師歇斯底里發作，不能被罰站。現下叫我站起來，黏在椅子上的大腿內側想必會如烏賊那層薄膜一樣被撕下。當然，我不能告訴老師原由，否則S不曉得又會使出多恐怖的手段報復我。

我屏著氣，慢慢改變頭的角度。與最靠窗的我正好在相反的另一邊、同一排的靠牆側，S白皙的面孔像只畫上黑點的紙，平板無表情的雙眼越過一整列的臉直盯著我。

剛剛下課時間結束，我從廁所回教室時，曾瞥見S從我的座位離開。我應該更提高警覺的，但我只瞄一眼，確定沒圖釘或水彩後便就坐，完全沒注意到椅子被擠上透明三秒膠。

之前有一次，我向岩槻老師報告S的行徑。於是，老師把我和S叫到辦公室，並當場質問S。S老實承認犯錯，老師非常滿意，要我們在他面前牢牢握手，就此結束調解。當晚，我家信箱馬上被放進沒有腳的蚱蜢、螳螂和金龜子。媽媽發現後，問我曉不曉得原因，我回答不清楚。最後，媽媽猜測這些殘缺的昆蟲是同棟大樓小孩的惡作劇。——我不能讓媽媽操心，前年爸爸去世後，媽媽就單打獨鬥地掙生活費。雖然酒愈喝愈凶，卻也更拚命工作，還要做家事，一個人擔起兩個人的責任。我不能傷媽媽的心，不能說出實情，媽媽若知道……

「其實是小野小町。」

媽媽一定會哭，一定會背著我躲起來掉眼淚。

制服短褲下的兩條腿，先前也常成為S的目標。有一回上體育課時，趁四周視線都集中在跌倒的同學身上，S以利如剃刀的跳繩不停抽打我的小腿肚。另一次則是在下課的走廊上，他突然拿自動鉛筆刺向我的膝蓋後面。如今，那根鉛筆蕊還留在我的皮膚內。

現下是十二月，再過三個月，四年級的第三學期便要結束。依學校規定，男生制服從五年級開始換成長褲，屆時S就不會找我這雙腿的碴了吧。當然，我不認為S的攻擊會就此畫下句點。頭、臉、眼睛、手、夏天的手臂，S將瞄準哪裡？他一定會繼續攻擊我。

我轉頭向前，側面承受S刺人的視線。我伸手進抽屜，摸索著找到三角尺，悄悄拿近左腿，把尖尖的角插進腿和椅子之間，塑膠冰涼的觸感立即傳來。我試著將尺往裡推，尖端卻碰到硬物而停住，大概是三秒膠已完全凝固。我面向前方，只有右手不斷使勁，但始終毫無進展，尖端碰到的硬物不肯改變形狀。我加強力道，尖端偏離三秒膠的阻隔往上移，猛地刺進大腿。我痛得縮起脖子，在冬天的教室裡汗流浹背。

「這位既非女人，也非人妖，而是男人。」

聽不太出來老師是不是想逗我們笑。儘管如此，安全起見，教室裡依然響起比剛才更膽怯的笑聲。宛如在紗窗上掙扎的蒼蠅，我邊笑著配合，邊在桌子底下拚命推動三角尺。但三秒膠刮不掉，尺的尖端一點也沒前移。不，稍有進展，將大腿和椅子黏為一體的三秒膠讓出些許空間，再試一次……又略微前進。刮掉三秒膠了嗎？還是椅子的膠合板表面被削除？因為不會痛，我只曉得皮膚沒事，繼續這麼做就行。不過，眼下安心還太早，岩槻老師不知何時會爆發，突然叫我們起立。動作要快，必須像拿鉗子剪炸彈引線一樣，謹慎而迅速地完成。

我推動三角尺，偷覷S一眼。S也注視著我，薄薄的嘴唇慢慢揚起，瘦削白皙的臉頰猶如擠歪的黏土，一副臨時想到什麼主意，或抓住時機實行計畫的表情。

那時，岩槻老師拍著雙手抖落粉筆灰，語帶得意地說：

「你們畢業的學長姊，有人把聖德太子念成shotokutaiko（正確讀法為shotokutaisi），以為他是女人呢。」

教室底部再度傳出一陣曖昧的笑聲。可是，笑聲的漣漪一擴及S的位子，便恍若遇到從海裡探出頭的巨大黑怪，頓時停住。

「……的。」

S小聲脫口而出的話，讓岩槻老師的表情咻地消失。

教室裡排排坐的所有同學瞬間變成人偶。

「怎麼，S……有問題嗎？」

「沒有。」

「不過，你剛才開口了吧？」

岩槻老師的神色漸漸產生變化，宛如一隻想用臉擠破薄膠膜的蜥蜴。

「嗯。」

「你講什麼？不好意思，老師沒聽清楚。」

那嗓音仍有一點溫度，彷彿在暗示「現下還沒關係喔」。但S再度擠出笑容，抬起頭，重複同一句話。

「那根本是騙人的。」

膠膜破裂，蜥蜴探出臉。三角形的雙眼因發現昆蟲獵物而發光。

「……站起來。」

S乖乖順從指示，椅子的拖地聲格外響亮。岩槻老師的視線牢牢釘在S身上，平靜問道：

「聖德太子不是拿著一個東西？一根長長的，很像棒子。你知道那叫什麼嗎？」

那句話將完未完的時候，S便回答「不知道」。老師上半身微微顫抖，深藍西裝的雙肩提起……提起……然後倏然垂落。

是笏，老師講出正確答案。

「你，這節課都給我站著，不准坐下。」

「是。」

「那麼——」

然後，預期的情況發生。蜥蜴在講臺上尋找新的獵物，脖子一吋吋轉動，目光從教室的一邊慢慢掃到另一邊。

「你。」

點到的是坐在我斜前方的女生。老師問聖德太子的出生年月日，她當然答不出來。

「西元五七四年二月七日，把課本每個字都看熟。」

她也慘遭罰站。岩槻老師轉動眼珠，恍若手電筒的燈光爬過地板，視線移至教室另一側，然後以同樣的速度調回，逐漸朝我靠近。

「你。」

老師點到另一個男生，照樣丟出絕對無法答覆的難題，成功讓那同學罰站。接著，老師陸續點名，第四個、第五個、第六個……共讓七個人罰站後，總算氣消，叫S之外的所有人坐下。

我全身虛脫。

在只有S罰站的狀態下，老師繼續上課。由於陷害我站起來的企圖沒能得逞，S筆直面向前方，雙脣緊閉。

等待下課鈴響前那段漫長的時間，我拚命推動三角尺。沒被老師叫到是我運氣好，但下課時全班都必須起立、敬禮，我卻不能。我不斷使勁地以尺的尖端刮開三秒膠，再一點，只差一點。然而，時間快速流逝，擴音器播出鈴聲。岩槻老師結束講授，示意值日生喊口號。

「起立。」

全班一同站起。我一陣心慌意亂，回過神才發現自己抓住椅子、翹著臀，腿黏在椅子上起身。

「敬禮。」

岩槻老師立刻離開教室。我迅速恢復原本的坐姿，悄悄環顧四周，似乎無人察覺我的異樣。不，坐在我後面的男生彷彿有話要說。但我擺出「剛剛在開玩笑」的表情，他便頓失興趣似地離開座位，走出教室。

由於下一節換到視聽教室上課，同學們陸續消失。最後，只剩我被黏在椅子上，大家全都走光，S也不見人影。

我有把握能在十五分鐘的下課時間內刮開三秒膠，因為剩餘部分不多。在寂靜的教室裡，我右手推著三角尺，小心翼翼分離還黏在椅子上的皮膚。

這時，S突然出現在教室門口，像低語著什麼，可是我沒聽見。S面無表情地穿過一排排桌子走近，喉嚨發出咕的一聲，雙手推倒我。桌子、天花板、窗戶不停旋轉，後腦杓和背部狠狠撞向地面，左腿傳來扭斷般的劇痛，我嘴裡衝出足以震聾自己的慘叫。

（二）

上週末下的雪，還殘留在馬路邊。

放學的學生一個個超越我。我左大腿內側貼著紗布，強忍淚水走在小巷裡。由於我解釋是跌倒擦破皮，彷彿要懲罰我的不小心，比媽媽年輕許多的保健室阿姨粗暴地為我治療。

幸好傷口不大、血流得不多，說是跌倒也無人起疑。看情況，三秒膠沒刮開的範圍比我想像的還小。

「回家途中別再跌倒啦。」

放學前的班會上，岩槻老師囑咐我。接著，他向全班說明我腿上紗布的由來，每個同學都笑了。這次不是假笑。

今年春天結束時，S開始攻擊我。

那時，S因為母親病逝，有段時間沒來上學。睽違許久回到學校，同學也沒安慰他幾句，大家都討厭他。S原本話就不多，即使和他交談，他也只會不置可否地應幾聲。從一年級開始，大夥便下意識地躲著他。之後，情況演變為「他討厭我們」，不久又變成「我們討厭他」。這真的是不知不覺形成的共識，不曉得是誰先提出的，或許根本沒人提出。

知曉S失去母親，我覺得S很可憐。我還清楚地記得爸爸死掉的時候，我好像也跟著死掉的感受。所以，我鼓起勇氣接近S，開口搭話。我想安慰他，為他打氣。

「我也沒有爸爸，我明白你的心情。」

當時S望向我的眼神，我大概一輩子都無法忘記。那雙瞳眸猶如積在生滿鐵鏽的油桶底部的泥水，陰暗而渾濁。

第二天起，S就對我展開攻擊。其實，至今我仍不太能理解S的想法，正因如此，更加深我的恐懼。是我自以為懂S悲傷的緣故嗎？還是母親健在的我，不該對喪母的S講那種話？

來到空無一人的十字路口，橫掃的冷風吹打著鼻尖。雙眼後側突然陣陣刺痛，鼻子兩旁有溫溫的液體流下。我低下頭，被融化的雪水弄髒的柏油路顯得歪歪扭扭。我緊瞪那片扭曲的地面走著。再兩年多一點，距離小學畢業，還有這麼久的時間。S打算攻擊我到什麼時候？他為何要攻擊我？要等情況惡化到什麼程度，我才能再去跟大人說？蚱蜢、螳螂和金龜子腳被扭斷的模樣，在我腦海深處的暗影裡浮現。

四周隱約有種短促的吐氣聲。

那聲音以非常快的速度接近我。赫然抬頭，一個漆黑的龐然大物倏地擦過我頸間。我縮起脖子回望，一隻烏鴉逐漸遠去，身影愈來愈小。剛剛那好像是烏鴉的拍翅聲。我又轉頭向前，卻嚇得差點停止呼吸。

誰？

小空地旁一幢老房子的圍牆後，有個陌生女人緊盯著我。年紀大概和媽媽差不多，臉瘦得乾巴巴的，有一頭凌亂粗糙的長髮。她彷彿受到驚嚇，雙眼圓睜，像兩個深邃的洞。由於她站在牆後，看不見肩膀以下的部分，但看得出她身上的白襯衫不怎麼乾淨。

我咬牙佇立原地，那女人忽然瞇起眼睛。仔細一看，她目光並非投向我的臉，而是我頭頂稍微往上的地方，空無一物的地方。

「你遇到……很淒慘的事？」

她的話聲好似被氣息沖散，十分沙啞。

「你很害怕、很難過？」

這個人有問題，我直覺地想。

「你最好不要直接回家。」

她一直注視著我頭頂上方，誦經般簡短地說。

「到我家……我會幫你。」

語畢，女人隨即轉身。越過長滿青苔的牆，可見她瘦削的肩膀隨長髮起伏搖晃，移步到玄關的拉門之後便消失無蹤。

幫我？她要幫我？

女人嘶啞的嗓音在我耳中縈繞，不肯消散。真的嗎？她能幫我什麼？她是誰？我決定離開，但回過神，我已走向女人消失的玄關門口，輕輕打開拉門。屋內有股混雜油和廚餘般的怪味。

「烏鴉……會來翻我家的垃圾。」

踏進裡面的房間，女人已側坐在榻榻米上。

「所以我剛剛也是去趕烏鴉。」

不曉得是眼珠過大，還是臉上的肉太少的關係，她雙眸明明凹陷，卻像隨時會蹦出來。她穿著長裙，略髒的白襯衫隱約浮現纖細的手臂輪廓，猶如稻草人。她的身體也和稻草人一樣，瘦得教人不禁懷疑衣服內是空的。

她既不請我坐，也沒叫我站著，只問道：

「你需要我幫忙嗎？」

彷彿要趕走猶疑，我乾脆地點頭。

「可以的話，希望妳幫我。」

如果真的可以的話。雖然不曉得她要怎麼幫我。

窗外閃過一道黑影，似乎是剛剛的烏鴉又回來了。女人望向那邊，動動嘴唇說著什麼，而後面對我。

「你能保守祕密嗎？」

祕密，什麼祕密？

「你能答應嗎？」

她重問一次，我暫且回覆「能」。女人聽見後，如竹節蟲般緩慢向後轉，伸手開壁櫃的拉門。

「千萬不能告訴任何人喔。」

「不能告訴爸媽，當然也不能告訴朋友。」

女人從壁櫃取出深綠色扁平布包，裡面是張畫布。原本大概是白的，但好像已經很舊，整張泛黃。上面似乎有些圖案，不過我的位置角度不佳，看不清楚。
「你……在害怕什麼人吧？」
女人抬起頭，視線茫然停在我頭頂上方。
「妳怎麼知道？」
「我看得見。」
女人空洞的表情毫無變化，直接答覆。
「你上面的你是這樣說的。」
我上面的我是什麼意思？看得到我在說話是怎麼回事？
女人突然單手抓住我的衣襬。我還來不及叫就被拉過去，女人瞬間揚起另一手上的畫布，用力往下揮……原以為會挨打，可是並沒有。畫布揮向我的頭頂上，而非腦袋。隨之揚起的風聲，如烏鴉拍翅聲迴盪在我耳中。
「……很簡單吧？」
女人把畫布朝下放在榻榻米上，然後輕輕蓋上深綠色的布。
「這樣就沒事了。」

該怎麼形容才好？當時的我，就像潭面突然靜止，就像在風大的日子緊緊關上窗時一樣。總之，剎那間，某種東西自我心中消失不見。

「你不會再感到害怕。」

女人低語後，首次露出微笑，接著又垂臉念念有詞。那副模樣，簡直已忘記我在房裡，甚至連是她叫我進來的都忘得一乾二淨。

我悄悄折回玄關，穿上鞋子。

（三）

我不曉得那女人對我做了什麼，但我確實不再害怕Ｓ。對我來說，Ｓ已形同橡皮屑或乾掉的飯粒，不值得放在心上。就像移動一根火柴即能改變小狗圖案方向的益智遊戲，我的心情和昨天以前截然不同，爽快無比。

早上在教室裡，我的眼角餘光掃進S白皙的臉。通常我都直接前往自己的位子，絕不會看那邊。不過，今天我停下腳步，故意要嚇對方似地用力轉過頭，只見S的臉抽動一下。這樣我還不滿意，於是直視S數秒後，若有似無地揚起嘴角。接著，我刻意放慢速度，走到位子上。

椅子上還黏著昨天三秒膠的痕跡。即使看到這景象，我也只覺得愚蠢。無聊，就會這種惡作劇，未免太幼稚。他頭腦有問題、心理有毛病，之前陪他做這類蠢事，該是停手的時候了。S大概是班上個子最小的，雖然我也不怎麼高大，但體力肯定不輸他。這麼簡單的道理，先前我怎會沒注意到？若他再搞出莫名其妙的把戲陷害我，我就踹他肚子，讓他吐出胃裡的食物，然後命令他趴上去。我要踩住他的臉，任他哭求也不饒他。敢抵抗我就踢他，這樣還抵抗的話，乾脆殺掉他。

第三節是美勞課。

全班在美術教室上課。老師發給每人一包紙黏土，要我們捏出喜歡的動物，並交代雕刻細部的刮刀、牙籤等工具，放在教室角落的大箱子裡，可自行取用。

我站在工作臺前，撕下黏土的塑膠包裝袋，抬起下巴瞪著相隔兩個工作臺，同樣在拆紙黏土包裝的Ｓ。Ｓ完全不看我這邊，是怕了我嗎？還是仍有心情思索接下來要製作的動物？Ｓ的成品肯定非常精巧，他這方面的才能相當出名。去年市政府辦的展覽會上，他的畫獲得金牌獎，是項沒太大用處的才能。

好了，要做什麼呢？任何一種動物嗎？那來做Ｓ吧。他和動物沒兩樣，雖然比狗聰明些，但比猴子笨得多。將紙黏土形塑成他的模樣，以刮刀切成一塊一塊的，再拿牙籤用力戳刺。不，這樣不如一開始就設定為頭插牙籤、胸口插刮刀的Ｓ，搞不好更好玩。我離開座位，到角落的工具箱挑選必要的器材。返回工作臺後，得先揉軟紙黏土，於是我右掌使勁推開桌面上的方形黏土塊。紙黏土一下就被揉開，中指和無名指間赫然突出一樣銀色薄薄的東西。原來是美工刀的刀片。

按在紙黏土上的右手頓時失去知覺，指尖禁不住顫抖，終於像故障的機械劇烈搖晃起來。我的視線飄散，不聽使喚地逕自遊移，然後停在某處。Ｓ那張白皙的臉面向我。是他。他趁我不在座位時藏入刀片。

心臟發出短促的聲音。心窩處愈來愈冷，吸進的氣吐不出去。

——好可怕。

那早該消失的恐懼，猶如稍不留神放到快滿出浴缸的洗澡水，隨時都會從我的身上溢出。要是突然轉身、蹲下或出聲說話，便會嘩啦啦流到地板上，把我沖走。

——好可怕。

我發抖著拔起突出紙黏土的刀片。好可怕，好可怕，好可怕。刀片從手裡掉落，發出短短一聲輕響。聲音雖然很小，但就像打瞌睡時電話鈴響，冰冷的血液瞬間流過全身。

那天回家路上，我駐足在她家前面。

希望她能替我想辦法，希望她能幫我。我想再度變得能夠視S為橡皮屑和乾掉的飯粒，就算立刻恢復原樣也沒關係。自從爸爸過世後，媽媽酒喝得很凶，或許我的心情和媽媽很像。

鑲著毛玻璃的拉門後，傳出沙啞的話聲。雖然聽不清楚，但我知道，那是她發現我、要我進去的意思。

「……沒用嗎？」

她坐在裡間，穿著昨天那件衣服，毫無光澤的長髮垂落臉頰，抬頭看著我。

不，她看的依然不是我的臉，而是我的頭頂上方，什麼都沒有的地方。

窗外十分安靜，那隻烏鴉今天似乎沒來。

我單刀直入地開口：

「請再幫幫我。」

和昨天一樣，再一次。

於是，女人首度正視我。

「你……曉得昨天我做了什麼嗎？」

我含糊地搔頭。她垂下睫毛，俯視裙子覆蓋的膝頭數秒，宛若遭丟棄的老舊稻草人。然後，她點點頭，轉身打開壁櫃的拉門，拖出深綠色布包。

「我讓你瞧瞧……發生在你身上的事。」

女人解開包包，露出泛黃的畫布。和昨天不同的是，畫正對著我，所以看得非常清楚。我跪在榻榻米上，爬也似地湊近畫布。

那是一幅奇怪的畫。

但畫得並不差，不僅如此，似乎是出自十分厲害的人的手。油畫顏料像稍微暈開的照片，精確描繪出各式各樣的物品：杯口如牽牛花開的咖啡杯，長髮的小夥子，紅通通的蘋果，畫筆，報紙，哭泣的嬰兒……這是什麼？嬰兒抱著狀似大蛇的東西，是布偶嗎？此外，還有許多毫無關聯的東西通通擠在一起，每一樣都相當逼真。只不過，就是怪怪的。該怎麼說，整體沒有重心、沒有主題——不知為何，這幅畫讓我很焦躁，心頭湧起一陣不安。群聚在畫面上方的女人，色調很淡，渾身幾近半透明，而且都長得一模一樣。那張臉，就是我眼前的這張臉。是她。畫裡有好多個她。

「這裡……看得出來嗎？」

她瘦削的手指撫摸畫布，停在某處。那裡同樣淡淡畫著一個雙手要高不高地舉在胸前，睜大瞳眸、黑眼珠擠到一邊，神情害怕的小孩。一個我也見過的男孩。

「是我嗎？」

我問道，她點點頭。

「是你恐懼的心。」

「恐懼的心……」

「最好不要太常拿掉，否則你一定會後悔。」

我以為她是開玩笑，但她臉上一絲笑容也沒有。

「以前，我還有家庭的時候，我丈夫突然失蹤。」

女人輕撫畫布，突然講起往事。

「我丈夫是個畫家。可是……有一天，他從畫室裡消失。我四處聯絡，打聽他的下落，卻遍尋不著。我怎麼也想不到，自己的丈夫竟會變成一幅畫。」

她在說什麼？

「所以，我從沒注意過這幅畫。初次發現異狀，是我們的寶寶不見的時候。」

女人的手指又爬上畫布。

「這裡，看得到嗎？」

毫無血色、像塊髒膠片的指尖比著剛才的嬰兒。嬰兒懷抱大蛇般的布偶，張著粉紅色的嘴哭泣。

「我們的寶寶跑進這張畫布。」

女人告訴我這樣一個故事。

丈夫失蹤後不久，她讓寶寶在畫室玩耍。在廚房裡忙完，忽然沒聽見任何動靜，她以為寶寶已睡著，打開畫室一看，居然不見寶寶的身影。那時，她才突然注意到放在地板上的畫布。

「仔細一瞧，我先生也在裡面。喏，就是這個留長髮的人，認得出來吧？」

那名長相端正的年輕男人幾乎站在畫面的中央，略帶哀傷地凝望坐在一旁的嬰兒。

「當然，我心想怎麼可能，甚至懷疑自己腦筋不對勁。但回過神，我居然拿著身邊的咖啡杯往畫布裡推。」

「然後……」

然後怎麼樣？

「這就是當時的咖啡杯。」

瘦削的手指再度移動，比著浮在不上不下的地方、外觀極似牽牛花的咖啡杯。

「然後，我便拿現有的蘋果和報紙試驗。於是，同樣的情況發生。我不敢相信自己的眼睛，可是我只能相信。因為，事實上……」

話聲愈來愈小，終於中斷。女人自我鼓勵似地深吸口氣，邊吐氣邊繼續道：

「我不清楚丈夫從哪裡弄到這張畫布。但是，我曉得他和寶寶都跑進裡面，再也回不來。不管是咖啡杯、蘋果，還是報紙，弄進去很簡單，之後卻怎樣都無法取出。」

你看好。女人說著從地上撿起骯髒的一圓硬幣，以兩指夾到畫布前。一圓硬幣碰到畫布時，發出「咚」一聲。這沒什麼奇怪的，那就像硬幣與畫布撞擊時該有的聲響。硬幣並未消失，女人於是重複方才的舉動，同樣只聽見「咚」一聲。

接著嘗試第三次，這次女人加重力道猛然將硬幣推向畫布，簡直是用丟的。

「啊。」

硬幣不見了。

女人望向我，彷彿要確認我有沒有看清楚，而後又注視著畫布，似乎在找東西。

「……成功。」

我湊到畫布前。起初什麼也看不到，但我瞇眼仔細觀察，一個極小的灰色圓形物體浮現。那是枚一圓硬幣。

女人挺直上半身，講故事般繼續道：

「明白這畫布是怎樣的東西後，我便想進去與丈夫和寶寶團聚。我從手指頭試起，可是完全沒動靜，再使勁按壓，還是不行。大概要和剛剛塞硬幣一樣，用盡全力才辦得到。」

女人說，所以她把畫布放在地上，爬上身旁的椅子。

「我想用跳的，從腳這邊進去。」

語畢，她淡淡一笑。

「可是，事情沒那麼簡單，我失敗了。誰教我沒運動神經，才會變成那樣。」

「那樣……」

聽見我複述，她右手便慢慢拎起長裙。我尚未反應過來，裙襬已緩緩拉到面前，於是，裙內的景象逐漸映入眼簾。

我驚愕得全身僵硬。

「妳的腿……」

她只有一條腿。

她如同真正的稻草人，只有右腿。而左腿僅剩大腿根部到凹凸不平的前端切面。

「跳下椅子時，恍若掉進小水池，唯有左腿順利進入畫布。」

女人放下裙襬，再度面向畫布，指著嬰兒——不，不對，是嬰兒抱在懷裡的大蛇布偶。仔細一看，那是人類的腿，貨真價實的一條腿。

「我在朋友的醫院治療，直到傷口痊癒。我沒多解釋，朋友也沒追問。我傷得雖重，但朋友答應我不通報警方。」

女人像要蜷縮身子般垂著頭，深深嘆口氣。

「從此之後，我就變得非常害怕。我想去找畫裡的丈夫和寶寶，想和他們見面，卻怕得不得了。我每天都好悲傷。好悲傷，好悲傷，好悲傷。不過，我突然想到，或許這畫布能消除我的悲傷。」

腦海深處響起叮的一聲。昨天發生在我身上的一切，和女人忽然冒出這番話的理由，總算串連起來。

「這想法實在可笑。但若真要說，這件事打一開始便很可笑。……我舉起畫布，試著往頭頂用力揮，就像揮捕蟲網那樣。我只希望能將籠罩全身的悲傷鎖在畫布裡。」

「……成功了嗎？」

明知答案，我仍忍不住問道。她點點頭伸出手，果然如我預料地指著並排的那幾個女人。那群淡彩描繪出的半透明女人，個個神情哀傷。一副哀傷到不能再哀傷的樣子。

當下，我並未完全釐清所有細節。即使如此，我依稀明白昨天遭遇什麼事。我在畫布上搜尋剛剛看到的自己。那個雙手舉在要高不低的地方，雙眼睜得老大，眼珠擠在一邊，神情非常懼怕的男孩。

「那是你恐懼的心。」

這是我的心。女人將我畏懼S的心，封在畫布裡。

「我為何勸你最好別再拿掉，你懂了嗎？」

她突然問道，我默默搖頭。

「人的感情啊，分量原本就是固定的。」

「什麼意思？」

「所以會變淡……」

她緩緩眨眼，輕撫那有好幾個悲傷的自己的地方。

「我沒發覺這點，做得太過頭。多年來，每當感到悲傷，我便把悲傷丟進畫布。如今，我不再為失去丈夫和寶寶感到悲傷。相對地，我變成一個空殼。就像放空浴缸的水一樣，情感已從我心中消失。我不會難過、害怕、開心，以後也永遠不會。」

情感會從心中消失。

會變成空殼。

「現在，我連做這種事都面不改色。你看得出這是什麼嗎？」

女子指著畫布上的一點。原來是隻黑色的鳥，以極不自然的姿勢展翅飛翔。

「這該不會是……」

那隻烏鴉，啄破垃圾袋的烏鴉。

「昨天，我覺得很礙眼，就把牠抓進去。親手葬送活生生的東西，這麼殘忍的事以前我絕對辦不到，現下卻根本無動於衷。只不過是叫聲有點吵，便將牠隨手丟入。」

橘色的夕照射進窗戶。玻璃彼端的一小塊天空，像嚴重燙傷般通紅、脫皮。

「最好不要太常拿掉。」

我終於明白她話中的意思。

「否則你肯定會後悔。」

或許我真的會後悔，可是我仍不由自主地懇求。

「我好怕，我好怕我朋友。所以，無論如何都希望妳像昨天那樣，再幫我一次。」

女人凹陷的雙眼直盯著我好一陣子。然後，她語調平板地問我怕什麼、怕誰。我老實說出與S有關的一切，毫無保留。只要想得到的，S以往對我的所有攻擊，我一股腦全數傾吐，一開口就停不下來。不知不覺中，我滾滾落淚。

聽完我的告白，女人的答覆非常簡單，而且完全超乎我的預料。

「既然這樣，把他放到這裡面就好啦。」

彷彿被撩撥的潭水，我心念一動。淤積潭底的泥土散開，整潭水立刻變成混濁的咖啡色。女人平靜地說：

「只要帶他來，我隨時都能幫你。」

不久，我步出玄關。冷風吹襲的玄關旁有袋垃圾，她少一條腿，要拿到垃圾場肯定很吃力。我撿起垃圾袋，打算幫她丟到回家路上的一座垃圾場。明天收廚餘嗎？萬一不收，反正現下是冬天，應該沒關係吧。但最後我改變主意，把垃圾袋放回原處。

我走在安靜的夕陽小巷裡，邊思索邊往公寓前進。我不停地想，反覆地想，終於下定決心。

我要帶S過去。

請她除掉S。

（四）

回到公寓，發現玄關的門開著，我還以為是離家上學時忘記鎖，但隨即瞥見媽媽的高跟鞋就放在脫鞋處。

「今天好早喔。」

「晚上的會臨時取消了。」

媽媽在設計事務所上班，工作是發想書籍和雜誌的封面。

媽媽還沒換衣服，在起居室喝著紅酒。

「噢，對了，你啊……」

媽媽抬起頭，直視著我。

「你認識□□太太嗎？」

「誰？」

□□太太，媽媽重複一遍同樣的名字。

「剛才我在樓下遇到管理員，管理員看見你昨天傍晚從她家出來。」

因著這句話，我總算想起□□是那個人的姓。玄關旁生鏽的信箱上，確實以麥克筆寫著這兩個字。

「你去過對不對？」

媽媽的眼神非常嚴厲，簡直像在責備我做了壞事。可是，我完全不明白犯下什麼錯，只好杵在餐桌旁默默點頭。媽媽盯著我一會兒，才低聲囑咐：

「不准再去嘍。」

我不懂媽媽的意思，不禁揚起眉毛，伸長脖子。

「那個人怪怪的，大家都知道。她丈夫以前是畫家，我和他合作過好幾次，可是……」

「咦，媽，妳說她丈夫，就是失蹤的那個嗎？」

聽完我的話，媽媽便反問「失蹤？」神色一變。

「她這麼告訴你的？」

「對。她丈夫原本是畫家，有一天……」我不曉得該怎麼講，便胡亂收尾，「突然消失不見。」

媽媽輕吐一口氣。

「不是不見，是死掉了。由於出車禍，連坐在前座的嬰兒也一起送命。」

「咦……」

「大約是五、六年前，媽媽還去參加葬禮。他太太之前同樣從事繪畫工作，可是，打失去丈夫和孩子後就變得有點古怪，甚至一度自殺。」

自殺……

「畫畫的工作也沒在做了。你去過的那間房子，聽說她一直沒付房租。房東可憐她，不好意思催繳。講起來確實很可憐，但……」

「她怎麼自殺的？」

我打斷媽媽的話。媽媽像在翻找記憶，抬頭凝望天花板數秒後，答道：

「跳樓。印象中是從哪棟大廈的樓梯間躍下，幸虧不是太高，腳又先落地，才撿回一命。」

最後，媽媽遺憾地補上一句：

「所以，她有條腿不管用。」

（五）

第二天放學後，我和S並肩走在小巷裡。

「像咖啡杯、蘋果啊，真的什麼都能裝。她還當場示範，一圓硬幣馬上就跑進畫布。」

我滔滔不絕地講個不停，S幾乎沒應聲。不過，我發現他的側臉和平常不同，嘴角有些高興地揚起，眼神明顯期待著即將發生的事。

「有個東西很神奇，要不要一起去看？」

我是這樣約S出來的。出聲向S搭話時，我差點止不住發抖。不過，原封不動地敘述起那女人告訴我的事後，情緒也就慢慢穩定。因為S似乎十分感興趣。

「接著，她又把一隻聒噪的烏鴉抓進去。沒騙你，我親眼看到的。」

S警戒的目光漸漸鬆懈。

「還有，不光物品和動物，像心情之類沒形體的東西也能放入畫中，這才是最奇妙的。如何？一起去看嘛，真的非常不可思議。」

S僵硬的表情終於完全鬆弛，點點頭。

「什麼時候？」

「今天放學後，早點去比較好。」

於是，現下我和S正並肩走向那幢房子。

我當然曉得，她的話全是揑造的。那種事——她告訴我的那些事，現實中不可能發生。那幅畫出自她的手，之後才編出那樣的故事，根本沒有神奇的布。雖然，她昨天在我眼前將一圓硬幣丟進畫布，但那應該是魔術吧，硬幣想必藏在襯衫袖子或別地方。而消失的硬幣出現在布面，肯定是一開始就畫好的，只是太小我沒注意到，這無疑是魔術的一部分。至於神情害怕的我那半透明的模樣，大概是前天，也就是我第二次到她家前畫的。以為她幫我消除掉對S的恐懼，算是一種心理作用吧。不過是她說「沒事了」，我便這麼認為而已。

原本，我對她的話深信不疑。

我以為她講的全是真的，**直到走出她家看到玄關旁的垃圾袋為止**。

「再一下就到了，我好興奮。」

昨天，我瞥見玄關旁的半透明垃圾袋中，隱約有個漆黑的物品。起初，我猜是揉成一團的布之類的，不過湊近一瞧，那怎麼看都是烏鴉。不僅有著黑色翅膀，還有同樣是黑色、塑膠般細細長長，像極尖尖的大雙殼貝，於前天發出渾濁聲音的東西。

她大概沒想到我會看見，也沒料到我會剛好拿起垃圾袋。但就是這麼巧，我識破她的謊言。望著垃圾袋裡變硬的烏鴉，我恍然大悟。

然後，我確信**她任何事都幹得出來**。

為了讓編造的故事成真，她一定什麼都肯做。

正因如此。

「既然這樣，把他放進這裡就好啦。」

正因為我確定她什麼都肯做。

「只要帶他來，我隨時都能幫你。」

我才決定引S到她家。

垃圾袋裡的烏鴉，垃圾袋裡的烏鴉，垃圾袋裡的烏鴉。變硬的黑色身體，S的身體。不會動的喙，S發紫的嘴脣。這些影像不斷交替在我腦海中浮現。她會動手，一定會下手。然後S會消失，從這世上消失，消失在畫布裡。

終於抵達她家。我在拉門上輕敲兩、三次，屋內傳出回應，門接著打開，S緊張而略帶雀躍地邁出腳步。我們經過走廊，走向裡面的房間。

「哎呀……」

側坐在榻榻米上的她發覺我並非單獨前來，微微挑眉，視線移到我身上，抿著嘴似乎在等我解釋。

「這是我昨天提過的……朋友。我想，那個，還是麻煩妳。」

我只擠出幾句話。要是說太多，怦怦亂跳的心臟好像就會蹦出喉嚨。我雙腿發軟，十指快要止不住發抖。

她應聲「是嗎」點點頭，隨即像拿尺畫線般，視線滑向S。凹陷的雙眼筆直鎖定S。

「我……那個……去外面一下。」

我說著一步步後退，S不解地轉過頭。

「我等會兒再來，馬上回來。你能不能先待在這裡？」

我倒退著跨過門檻走出房間，暫且停下，緩緩轉身。背後的S小聲喃喃著什麼，我假裝沒聽見，逕自步向玄關，但S並未跟上來。垃圾袋裡的烏鴉，變硬的烏鴉。她什麼都肯做，明天S便會出現在那張畫布裡。我一無所知，我沒看到垃圾袋裡的烏鴉，我把她的話當真。她說能將S裝進畫布，我便相信了，沒多想就帶S帶到這裡，僅此而已。我不曉得，什麼都不曉得，情況變成怎樣都和我沒關係。

我套上鞋子，邁出玄關，身後立刻傳來「卡嘰」的聲響。回頭一看，拉門的毛玻璃上浮現她的身影，似乎是來鎖門的。她動作僵硬地消失在毛玻璃彼端，留下一片安靜。我愣在原地，無法動彈。不知道，我什麼都不知道。

屋內有東西卡嗒作響，伴隨一個短促的聲音，似乎是S的聲音。緊接著又一次，這次明顯發自S的慘叫直接刺穿我耳膜。像五十音全部混在一起的長聲慘叫忽然硬被扯斷般消失，取而代之的是巨大的聲響，及打翻東西的聲響。突然間，有人啪躂啪躂猛蹬地板，野獸般的低吼聲交雜著她的話聲，最後「磅」地一聲，眼前的拉門劇烈震動，S的臉被壓在毛玻璃上。他瞪著我，牙齦外露、口水沿玻璃流下，嘴巴猶如被抓住的鳥頻頻拍翅般不停大喊。不久，他的面孔倏地遠離，有人從後面拉他。她穿白襯衫的身影閃過，便再也不見任何動靜。

我拔腿就逃，邊哭邊跑。喉嚨深處發出無意義的聲音，周圍景色變成一片空白逐漸消逝。我腦海驀然浮現約S去她家時，S那張很高興的臉。從今年春天起，S便不斷欺負我，大概是無法控制自己的情緒吧。失去母親，他一定非常難過，難過得不知如何是好，難過到不得不做些什麼才會攻擊我。他一定不是存心欺負我。S很寂寞，所以我今天一邀，他馬上點頭，答應一起拜訪擁有稀奇收藏的女人，一個和死去的母親年紀差不多的女人。我告訴S，神奇的畫布連情感都能消除。S一定是想請她消除內心的寂寞和與母親訣別的悲傷吧。其實我知道，我明明知道。

可是，我已不能回頭。

我犯下無可挽回的錯誤。

（六）

第二天早上，S的位子空蕩蕩的，上完兩節課依然空著。

直到第四節下課，開始準備營養午餐時——

「後來好慘。」

S站在我背後，目光有些空虛地盯著全身僵硬的我。他一手扶著腦袋說：

「早上我去看醫生，昨天那個女人害我受傷了。」

S頭上罩著的白色網子內側貼著紗布。他接著笑道：

「我怕連累你，沒告訴我爸那女人的事，只解釋是我自己貪玩跌倒。」

「啊……那之後……」

到底發生什麼事？

「她突然追過來，拿著一張大畫布想打我。我嚇得魂飛魄散，連忙逃向玄關，門卻上了鎖。」

S淡淡動著薄唇。

「她把我拖回後面的房間，推倒在榻榻米上，抓起畫布又要打我。雖然驚險閃過，但畫布邊緣擦到我的頭……瞧，就是這裡。」

S取下罩著腦袋的網子，隨手掀起紗布。

只有那一處像遭到剜除，頭髮和皮膚都被削掉。

「趁她跌倒的時候，我才好不容易逃出來。欸，你不曉得她有問題對不對？否則就算她擁有再神奇的東西，你也不會帶朋友去吧。」

我努力點點頭。

S什麼都沒發覺嗎？他沒想到我是明知那個人有危險，還特地邀他的嗎？從S空洞的雙眸中，我看不到答案。

「反正，昨天累斃了。幸好你不在，要是我們都在場，肯定有一個遭殃。」

然後，S便轉身走向自己的座位。

S和昨天截然不同，簡直像心中的邪惡完全消失一樣。

放學後，我獨自前往她家。我敲敲玄關的拉門，無人回應。昨天，S的臉貼住的那片毛玻璃擦得乾乾淨淨，沒留下任何痕跡。我試著推門，門沒鎖。

她不在屋裡。如我所料，室內已收拾整齊，沒有倒地的家具，也沒有壞掉的物品。唯獨那張畫布擱在榻榻米上，於是我拿起細看。

有兩個地方和我上次看到的不一樣。

畫布邊緣淡淡畫上S。只見S凶暴的面孔充滿惡意，垂落身側的雙手用力握拳，彷彿要以視線刺穿對方般，瞪著這邊。他的表情好可怕，比以往都恐怖，身旁有團黑色的東西。我立刻察覺那是頭髮，S的頭髮。

另一個不同處，是哭泣的嬰兒背後出現那女人的身影。她貼著嬰兒般側坐，右手輕輕撫摸親生孩子，面向一旁。溫柔的視線盡頭，是那名長髮男子。

不知不覺，我的眼淚沿著臉頰流下。

我曉得，她的話是真的。

她最後朝S揮動畫布。為了我，她想讓S消失。一定是畫布偶然擦過S頭頂，接收S所有的邪惡。而莫名其妙遭受攻擊的S趁隙逃離，行動不便的她無法追趕，肯定相當慌張。她大概認為S會一五一十地告訴別人，然後警察就會找上門。

所以，她再次挑戰未曾成功的事。這需要多大的勇氣啊，僅有一條腿進入畫中的痛楚、恐懼、悲傷，想必在她腦中不斷盤旋，讓她渾身發抖吧。可是，她卻毅然決然地跳進畫布。或許是渴望與家人團聚的心，最後推了那瘦削的背一把。

於是，她成功從這世上消失，與嬰兒、長髮男子待在畫裡。她帶著溫柔的眼神，撫摸孩子的頭。這樣算是好結局嗎？我當然無法判斷。我只曉得，她為我變成這副模樣。後悔充斥我全身，包括腦袋、內臟，甚至每根骨頭。然而，凝望著畫中她柔和的表情，後悔的最深處恍若浮現一絲柔和的光。

總有一天，我會明白這究竟是不是好結局吧？

輕輕把畫布放回地上，走出屋外，我淚流不止。

從那之後，S就不曾攻擊我，似乎連過去的所做所為都忘得一乾二淨。S會熟絡地與我交談，不久，我也能正常回話了。

我們成為朋友。

放學回家時，我們會一起走到岔路再分手。下課時間聊著電視節目，我偶爾會想起騙S到她家的事——幸好沒成功。唯有這一點，我敢大聲宣告，敢拍胸脯保證。我真的很慶幸當時S沒消失，或許他是我有生以來交到的第一個真正的朋友。

春天來臨。由於媽媽的事務所遷移，我們必須搬到很遠的地方。最後一天上完課，我和S在學校玄關握手。S說他會寫信，我覺得鼻子酸酸的。不好意思讓他看到我掉淚，我別過頭跟S約定會存零用錢買高級畫筆送他，希望他再得金獎。S簡短回答「我等你」時，他映在校舍窗上的面孔突然產生變化，應該已封印在畫布裡的那張可怕的臉彷彿瞬間閃過。我嚇一大跳，連忙轉過頭，S依然溫和微笑著，那大概是我眼花看錯吧。

搬家當天是個晴朗的星期日。媽媽開車，我坐在前座望著窗外的景色。車子經過她家門前時，怪手和大卡車正在拆解房子，屋頂和牆壁已完全消失。媽媽告訴我，因為她失蹤，房東總算能進行構思已久的改建計畫。車子駛離後，我仍隔著後窗注視著拆除工程。掀開地板時，有個工人大聲說著什麼，可是我們一下就走遠，再也看不見了。

解說／顏九笙

隱藏的絕望：《鬼的足音》的陰鬱世界

（本文涉及情節及謎底，未讀正文請慎入）

由陰鬱的想像出發

推理小說讀者都很熟悉這種情境：後來才揭露的關鍵新線索，讓你對前面所有事件的看法完全改觀。這可用來說明《鬼的足音》裡的每個故事，也可說明我對道尾秀介作品的認識過程。

本來道尾秀介在我心目中是個八十分的推理作家。詭計與障眼法設計得漂亮，情節安排流暢，人物也頗有真實感，這樣「已經很好了」，就算覺得缺少什麼，我也只會怪自己太挑剔。所以剛讀完《所羅門之犬》的時候，我開開心心地說「這部作品把成長的苦澀與青春的甜味結合得很好」。

可是……後來我接收到關鍵性的新線索，扭轉了我的看法。讀過《鼠男》後，我對《所羅門之犬》的評價就變了。《鼠男》有著悲劇性的基調，乍看像是要一路奔向破滅結局，最後卻隨著謎團一一解開，露出一線曙光——在此要向各位道歉，從劇情簡介裡其實看不出哪裡強過先前的作品，但道尾秀介的才能在這部小說的形式與內容中似乎發揮得最好，造就出一百分的平衡效果。相較之下，差不多時期連載的《所羅門之犬》（註一）雖然刻意加入喜劇色彩、也有個光明結局，沉重的部分終究較強烈，有那麼一丁點輕微的不協調。

也許對道尾秀介來說，還是從陰鬱的想像出發，最能得心應手地發揮。《鬼的足音》裡收錄的故事，多半是在差不多的時間帶發表（註二），在我心目中也幾乎都拿下滿分：它們全帶有一種非常飽滿、感染力強大的陰鬱。就像孟克的《吶喊》，我明知那種畫面很不健康、甚至令人恐懼，卻無法抵擋其莫大的吸引力，忍不住要盯著看。在我眼中，這本小書蘊涵的情緒衝擊度，足以匹敵頁數厚得多的長篇《向日葵不開的夏天》。

隱藏的絕望結局

在臺灣讀者心目中，道尾秀介是推理作家，偶爾寫些帶有恐怖元素的推理小說；但在《鬼的足音》裡，兩者的主從地位恰好相反：這是帶有推理／懸疑趣味的恐怖短篇集。這部短篇集裡的恐怖，不是來自妖魔鬼怪或血漿殘肢，而是來自人內心深處的絕望——事情並非你原來想像的模樣，一切卻已無可挽回。這種恐怖，其實比得到恐怖懸疑小說大獎特別賞的《背之眼》更冷澈骨髓，也更有新

註一：《所羅門之犬》首度發表於《別冊文藝春秋》二〇〇七年一月號至九月號，但單行本同年八月即由文藝春秋出版；《鼠男》二〇〇七年首度發表在《GIALLO》雜誌的夏季號與秋季號，二〇〇八年一月由光文社出版單行版。

註二：〈盒中字〉初次刊登時間較早（二〇〇六年十二月號的《野性時代》），其他各篇則是在二〇〇七年五月到二〇〇八年五月之間發表。產量這麼大，他那兩、三年有在吃飯睡覺嗎？

意。在這些故事裡，「以關鍵新資訊導出意外的結局」是必要的裝置，目的是讓恐怖與絕望滲透得更深。

以〈鈴蟲〉來說，起初像是常見的三角關係謀殺案：「我」為了被辜負的杏子殺死杏子的男友S，只有鈴蟲看見，所以「我」在幻覺中總覺得鈴蟲在傾訴著什麼。東窗事發的時候，「我」竟然心存感激——原來真兇是杏子，「我」刻意栽贓到自己頭上，沒想到竟能隱瞞十一年才被發現；「我」決定一個人頂罪到底。但是「我」真的毫無遺憾嗎？鈴蟲到底說了什麼？假如在比較普通的作品裡，鈴蟲的話語無非是代表冤魂索命吧。然而，〈鈴蟲〉的結尾，「我」在喧囂蟲鳴裡回想起的是「孩提時代」，那樣瑣碎平淡的日常——永遠不能，永不再有。（在這裡偷引一兩句愛倫坡其實挺應景的。畢竟在《鬼的足音》的每篇故事裡，不祥的烏鴉都出現了。）

〈野獸〉裡自覺遭家人鄙視的少年，在一廂情願的衝動驅使下，著手追查四十三年前的滅門血案真相，理由只是「我覺得非知道不可」（你以為你是宇宙中心嗎？），最後竟然成功了，且在回家的火車上得到一個乍看非常光明的結論，「應該要重新來過……應該面對家人的，因為，或許還有救。不，總會有救的。……我自己的問題是多麼渺小啊」。故事若就此結束，那真是甜膩到令人不耐，人生豈有這麼簡單？但道尾補上關鍵的新線索：回家時，少年心知肚明，他所找到的「正確」結論已無價值。「沒地方讓我重新來過，沒家人讓我面對。」這一天的追尋，只是鑄下大錯之後自欺欺人的逃避。

這結局殘酷到幾乎讓我對先前的不耐煩感到後悔。

中間兩篇的形式都比較傳統。〈宵狐〉帶有奇幻色彩，但勾勒出來的卻是成真的夢魘：青年懷著姦殺陌生女子的罪惡回憶，回到闊別二十年的故鄉小鎮，竟在同樣的時間地點，意外得到懲罰——本篇畫龍點睛的絕望一句如下：「無論如何，我殺死我的事實，都沒有改變。」〈盒中字〉發表時間最早，最像是傳統的推理小說，開頭還帶有幾分滑稽色彩，最後卻有個乍看很虛的怪談式結尾：「我」親手做掉四個人，唯一的後遺症居然只是不敢照鏡子？這麼一想，又讓人覺得全身發冷。這個「我」冷血得可怕。

〈冬之鬼〉與壓軸的〈惡意的臉〉，都刻意沒把故事說完整；比起前四篇的明確的逆轉結局，這兩篇故事的解釋空間更廣，藏起了絕望。〈冬之鬼〉透過逆時序排列的日記，慢慢揭露「我」和S之所以能成為現在這對幸福佳偶，起因竟是極大的不幸：「我」在大火中失去財產與容貌，唯獨S不離不棄，甚至願意犧牲視力，讓兩人長相廝守。但這個故事並不是結束在最後一頁——按照日期順序來讀，「開頭」才是結尾：「遠遠傳來鬼的腳步聲。悄聲呢喃著我不想聽的話。不，不是的。那是不可能的。」讓人不想聽的，通常是讓人不願相信的實話。那麼事實是什麼？「我」的願望並未實現？他們之間的「白霧」並未消失？「我」無法永遠和S生活在一起？還是說，一切只是「我」的幻覺？我們沒有足夠的線索可以找出確切的唯一解答，但每一個可能解答都教人不安。

〈惡意的臉〉的兩個主角，又是像《向日葵》裡面那樣既可憐又可怕的孩子。「我」為了終結S無休無止的身體攻擊，終於決定也要訴諸暴力，藉助神祕鄰居的力量殺死S——但在最後的關鍵時刻，到底發生什麼事？這究竟是一篇奇幻故事，還是一篇「寫實」的推理小說？採取不同解釋，結尾就有不同的意味。當成奇幻小說，讀者晚上或許能睡得好一點，但我總覺得實情沒那麼美滿。地板拆開來看到的是什麼？那房子裡也許有過一場生死相搏，小孩子不見得會是輸家。雖然S「像心中的邪惡完消失一樣」，但那會不會只是表面的偽裝？「這時，S映在校舍窗上的面孔突然產生變化，應該已封印在畫布裡的那張可怕的臉彷彿瞬間閃過。」也許S是為了隱瞞某種更血腥、更罪惡的事實，才假裝神奇畫布真的有效，假裝他的惡意全被畫布帶走，甚至不忘在畫布上留下必要的假線索……？

不，這樣的心機太重太可怕，應該沒這回事吧。「遠遠傳來鬼的腳步聲。悄聲呢喃著我不想聽的話。不，不是的。那是不可能的。」在恐懼的極點，我真想閉目不看。

但眼前這幅像夕陽又像咯血的陰鬱畫面太吸引人，我甚至無法移開視線。

作者簡介／顏九笙

推理文學研究會（MLR）成員。這次用來搭配《鬼的足音》的背景音樂是Deftones的My Own Summer（Shove It）。

國家圖書館出版品預行編目資料

鬼的足音／道尾秀介著／劉姿君譯； --.初版.- 臺北市；獨步文化：家庭傳媒城邦分公司發行， 2011〔民100〕
面 ； 公分. --（道尾秀介作品集：06）
譯自：鬼の跫音
ISBN 978-986-6562-89-1（平裝）

861.57 100009521

道尾秀介作品集 06
鬼的足音

原著書名／鬼の跫音
原出版社／角川書店
作　　者／道尾秀介
譯　　者／劉姿君
責任編輯／陳盈竹

版權部／吳玲緯
行銷業務部／陳亭妤、蔡志鴻
編輯總監／劉麗真
總經理／陳逸瑛
榮譽社長／詹宏志
發行人／涂玉雲
出　　版／獨步文化
城邦文化事業股份有限公司
100台北市中山區民生東路二段141號5樓
電話：(02) 2500-7696　傳真：(02)2500-1967
發　　行／英屬蓋曼群島商家庭傳媒股份有限公司城邦分公司
104台北市中山區民生東路二段 141 號 11 樓
讀者服務專線：(02) 25007718；25007719
24 小時傳真服務：(02) 25001990；25001991
服務時間：週一至週五　上午09:30～12:00　下午13:30～17:00
讀者服務信箱E-mail：service@readingclub.com.tw
劃撥帳號：19863813　戶名：書虫股份有限公司
總經銷／大和書報圖書股份有限公司
電話：(02)8990-2588；8990-2568
傳真：(02)2290-1658；2290-1628
香港發行所／城邦（香港）出版集團有限公司
香港灣仔駱克道 193 號東超商業中心 1 樓
電話：(852) 25086231　傳真：(852) 25789337
E-mail：hkcite@biznetvigator.com
馬新發行所／城邦（馬新）出版集團
11, Jalan 30D/146, Desa Tasik, Sungai Besi,
57000 Kuala Lumpur, Malaysia
電話：(603) 9056 3833　傳真：(603) 9056 2833

美術設計／戴翊庭
排　　版／浩瀚電腦排版股份有限公司
印　　刷／中原造像股份有限公司
■ 2011年（民100）7月初版
定價／260 元

城邦讀書花園
www.cite.com.tw
Printed in Taiwan

ISBN 978-986-6562-89-1

獨步文化 APEX PRESS

廣	告	回	函
北區郵政管理登記證			
台北廣字第000791號			
郵資已付，免貼郵票			

104台北市民生東路二段 141 號 2 樓

英屬蓋曼群島商家庭傳媒股份有限公司

城邦分公司

請沿虛線對摺，謝謝！

獨步文化 APEX PRESS

書號： 1UJ006	**書名：** 鬼的足音	**編碼：**

請於此處用膠水黏貼

獨步文化 APEX PRESS

讀者回函卡

謝謝您購買我們出版的書籍！
請費心填寫此回函卡，我們將不定期寄上城邦集團最新的出版訊息。

姓名：＿＿＿＿＿＿＿＿＿＿＿＿＿＿ 性別：□男 □女

生日：西元＿＿＿＿＿＿年＿＿＿＿＿＿月＿＿＿＿＿＿日

地址：＿＿＿＿＿＿＿＿＿＿＿＿＿＿＿＿＿＿＿＿＿＿＿＿

聯絡電話：＿＿＿＿＿＿＿＿＿＿＿＿ 傳真：＿＿＿＿＿＿＿＿＿＿

E-mail：＿＿＿＿＿＿＿＿＿＿＿＿＿＿＿＿＿＿＿＿＿＿＿＿

學歷：□1.小學 □2.國中 □3.高中 □4.大專 □5.研究所以上

職業：□1.學生 □2.軍公教 □3.服務 □4.金融 □5.製造 □6.資訊
□7.傳播 □8.自由業 □9.農漁牧 □10.家管 □11.退休
□12.其他＿＿＿＿＿＿＿＿＿＿＿＿＿＿＿＿＿＿＿＿

您從何種方式得知本書消息？
□1.書店 □2.網路 □3.報紙 □4.雜誌 □5.廣播 □6.電視
□7.親友推薦 □8.其他＿＿＿＿＿＿＿＿＿＿＿＿＿＿＿＿

您通常以何種方式購書？
□1.書店 □2.網路 □3.傳真訂購 □4.郵局劃撥 □5.其他

您喜歡閱讀哪些類別的書籍？
□1.財經商業 □2.自然科學 □3.歷史 □4.法律 □5.文學
□6.休閒旅遊 □7.小說 □8.人物傳記 □9.生活、勵志 □10.其他

對我們的建議：＿＿＿＿＿＿＿＿＿＿＿＿＿＿＿＿＿＿＿＿
＿＿＿＿＿＿＿＿＿＿＿＿＿＿＿＿＿＿＿＿
＿＿＿＿＿＿＿＿＿＿＿＿＿＿＿＿＿＿＿＿
＿＿＿＿＿＿＿＿＿＿＿＿＿＿＿＿＿＿＿＿
＿＿＿＿＿＿＿＿＿＿＿＿＿＿＿＿＿＿＿＿

請於此處用膠水黏貼

獨步文化
APEX PRESS

廣　告　回　函
北區郵政管理登記證
台北廣字第000791號
郵資已付，免貼郵票

104台北市民生東路二段 141 號 5 樓
英屬蓋曼群島商家庭傳媒股份有限公司
城邦分公司
獨步文化　　收